CONTES ÉROTIQUES D'HIVER

CONTENTES ÉROTIQUES D'HIVER

La Musardine

ISBN 2-266-15388-9

Pierre Bourgeade

Merry Christmas

à Jean-Jacques Pauvert

Je fis sa connaissance à un vernissage. Un ami me présenta. C'était une femme d'une quarantaine d'années au visage étroit, très maquillé. Ses cheveux blond foncé étaient tirés en arrière, formant casque, ramenés sur la nuque en chignon serré, barré d'un nœud plat de satin noir. Elle était entièrement vêtue de noir et je me rendis compte par la suite qu'elle s'habillait toujours ainsi. Elle s'était intéressée dans les années 70-80 à ce que l'on appelait « l'art corporel » et comme elle avait appris que j'avais bien connu l'une des artistes qui y avaient attaché leur nom, Gina Del Vito, disparue tragiquement depuis, elle désirait que je lui en parlasse. Elle me confia qu'elle-même, « en ces temps lointains », ainsi s'exprima-t-elle, s'était essayée à ces « performances » rue de Seine, chez Rudolf Stadler qui avait révélé cet art nouveau aux Parisiens, et chez qui l'on se rendait alors religieusement pour ces vernissages sans précédents. Je lui demandai de quelles performances il s'agissait car, durant ces sortes d'expositions vivantes, les artistes cherchaient à se surpasser dans l'inattendu et le risque. La poésie naissait de là. Gina del Vito, pour ne citer qu'elle, s'était par exemple, tailladé en public les paupières au rasoir, lacéré le sein, contrainte à vomir, après les avoir ingurgités avec une lenteur insoutenable, des litres de lait et d'eau.

Elle me répondit de sa voix nette : « Rien de rare, quelque chose qui aidait à dominer son corps. » « Mais encore ? » « Du saut, je crois », dit-elle, en me signifiant, des yeux, qu'elle ne voulait pas en dire plus.

Je me souvins de George McLean, un Américain brun, maigre, nerveux avec qui j'avais souvent bavardé dans le petit appartement qu'occupait Gina Del Vito à Saint-Sulpice, et qui s'obligeait, lui, à sauter par-dessus des élastiques, chevilles liées, des heures durant, sous les sunlights, jusqu'à épuisement total. C'était un homme à femmes, et je me demandai si celle-ci n'avait pas été de ses intimes. Si elle avait été plus désinvolte, comme on l'est souvent dans ce milieu, je lui aurais posé la question sans hésiter, mais elle semblait froide et sur ses gardes, je m'abstins. Je dis simplement : « Du saut ?... J'ai bien connu George McLean, vous me le rappelez, vous êtes svelte. » Elle me regarda d'un air surpris, mais ne dit mot.

Nous convînmes d'aller ensemble, le mercredi suivant à une rétrospective de Gilardino, dans le quartier. Puis nous prîmes l'habitude de nous retrouver l'après-midi, de mercredi en mercredi. Nous allions à une expo, à un vernissage, toujours rive gauche, nous prenions le thé, je la raccompagnais paresseusement par les quais jusqu'à la rue du Bac, nous remontions jusqu'au boulevard Raspail, et je la laissais au coin de la rue de Varenne, où elle m'avait dit qu'elle habitait.

J'aimais son élégance, sa minceur et jusqu'à cette sorte de dureté qui était en elle. Je la désirais, et je savais qu'elle le savait, mais elle ne permettait jamais aucun geste et je n'arrivais même pas à prononcer les mots qui l'eussent dit, craignant, si je les prononçais, que notre relation ne s'anéantît à l'instant même.

J'attendais.

Un jour que nous prenions le thé à la Palette, aussi isolés par notre silence dans la foule bruyante des habitués que nous l'aurions été dans un îlot du Pacifique à cent kilomètres de tout lieu habité, elle me dit soudain en regardant je ne sais où : « Je ne vis pas seule, j'ai épousé un homme riche, un diplomate. » « Chacun le sait », dis-je en cherchant à capter son regard afin de la ramener sur terre : « Oui... mais j'ai besoin de le dire de temps en temps... de le rappeler... » « S'intéresse-t-il à l'art ? » demandai-je, craignant de voir s'achever notre bavardage... Lien ténu qui seul semblait me rattacher à elle. « Il s'intéresse à l'art d'Extrême-Orient... Il a été en poste à Kyoto... J'ai vécu là-bas, deux ou trois ans... Il y avait des arbres... beaucoup d'arbres... J'aimais bien les brouillards, aussi... J'ai rencontré une personne... »

Son expression égarée me toucha, et avançant la main, je touchai craintivement la sienne. Elle parut me découvrir, ses doigts se refermèrent sur les miens et les serrèrent vivement. Ses yeux, alors, qui étaient d'une couleur verdâtre, jaunirent, comme une feuille verte jaunit quand arrive l'automne, eurent un reflet de feu, et se fixèrent un instant dans les miens. Il s'écoula peut-être dix secondes, une vie, puis elle ouvrit les doigts, retira sa main, ses yeux se voilèrent. « Partons, dit-elle. Je dois rentrer. »

Le lundi suivant, je reçus une carte : « Il faut que je m'absente quelques jours. Je n'oublierai pas nos rencontres. À bientôt. Vôtre. S. »

Je lus et relus plusieurs dizaines de fois ces trois

lignes, m'attardant sans fin sur le mot « *vôtre* » qui me semblait être parfois une simple formule de politesse, parfois un évident signe de tendresse, et parfois la promesse d'une possession. À la manière dont l'accent grave sur le « *o* » avait été tracé par elle, légèrement décollé sur la droite, chapeautant, semblait-il, le « *t* » plutôt que le « *o* », je me prenais à penser, dans les bons jours — car la lecture que je fis de ce seul mot s'étala sur plusieurs semaines —, que la main qui avait tracé ce signe s'était laissée emporter par un mouvement de passion impossible à maîtriser, me signifiant discrètement « je suis à vous »... mais, dans les mauvais jours, ce décalage de l'accent d'une lettre sur l'autre s'imposait à mon esprit inquiet comme un indice évident de l'indifférence mondaine, du je-m'enfoutisme, du dédain. La carte ne me quittait jamais. Jour et nuit, je l'avais au bout des doigts. Je l'examinais, je la sentais, je la scrutais, je la lisais, je l'étudiais, je m'en pénétrais. Je vécus des jours heureux, des jours difficiles.

L'hiver vint, passa, le printemps revint. La veille de Pâques, je partis pour un bref voyage en province. Quand je revins, je ne reconnus plus Paris. En huit jours, la ville s'était couverte de feuillages. Boulevard Saint-Germain, les arbres, hier dépouillés et noirs, disparaissaient sous les masses d'une verdure si tendre qu'on avait envie d'en manger. Le surlendemain de mon retour, je reçus une carte non timbrée, qu'on avait donc déposée dans ma boîte à lettres. « Voulez-vous venir prendre une tasse de thé chez moi demain mercredi ? Je serai seule. Je vous attends à dix-sept heures. S. » Il n'y avait pas « vôtre ». Je ne pus dormir de la nuit.

L'adresse était celle d'un vieil hôtel particulier. Je traversai la cour silencieuse. L'appartement était au second étage. Un maître d'hôtel m'accueillit. « Madame prie Monsieur de l'excuser, elle aura une demi-heure de retard. Monsieur préfère-t-il revenir, ou attendre dans la bibliothèque ? » « Je préfère attendre. » Il me fit entrer dans la bibliothèque, où il me laissa. C'était une pièce petite, carrée, qui sentait la cire, bien éclairée par une haute fenêtre donnant à l'ouest. Sur deux des parois, d'étroites échelles de bois, pouvant coulisser sur des tringles de cuivre grâce à des crochets, permettaient d'atteindre les plus hauts rayonnages où étaient rangés les livres. Quelques minutes passèrent. Aucun bruit ne venait de l'appartement. Laissant errer mon regard sur les reliures, qui étaient soigneusement rangées, je m'aperçus que sur la plus haute rangée de la paroi de gauche, un livre avait été enfoncé dans sa file un peu plus profondément que les autres. Ne sachant trop que faire, durant cette attente un peu énervante, je me dis que j'allais le mettre comme il fallait. Je fis coulisser l'échelle de façon à pouvoir l'atteindre sans peine, grimpai quelques échelons, et posai le doigt sur le haut du livre. C'était un récit de voyage, publié au siècle précédent. Poussé par une curiosité instinctive, je fis le geste de le prendre dans les mains, comptant regarder la page de garde, mais comme je sortais le livre du rayon en le tenant par le dos de la reliure, ses pages s'entrouvrirent et quelques papiers qui se trouvaient à l'intérieur glissèrent et tombèrent sur le parquet.

Contrarié par ma maladresse, et craignant d'être taxé d'indiscrétion si quiconque survenait, je descendis vivement de l'échelle et me hâtai de recueillir les papiers épars. Or, ce n'étaient pas des papiers... C'étaient des photographies, au nombre de trois, que je ramassai fébrilement, mais que je ne pus pas ne pas regarder. Des photos récentes... ne remontant pas à plus d'une ou deux années. Car j'y reconnaissais telle que je l'avais rencontrée celle que je venais voir. Les trois photos, qui formaient une sorte de suite, avaient été prises en forêt. La femme était nue, cheveux rejetés en arrière mais dénoués, vêtue seulement d'un trench-coat de l'armée américaine, tout ouvert, et dont elle avait retroussé les manches sur ses bras minces. Sur l'une des photos, elle était assise sur le tronc d'arbre abattu, elle écartait les bras, ouvrant de ses mains le trench-coat sur son torse maigre, aux seins attachés bas et petits, et elle faisait une grimace qui la faisait presque apparaître simiesque, la bouche grande ouverte, montrant toutes ses dents à l'objectif. Sur la seconde, elle venait sans doute de pisser, elle était assise au bas du tronc d'arbre, les cuisses et les jambes largement écartées, le ventre en avant, le visage exprimant une sorte de satisfaction stupide. Sur la troisième, elle était de nouveau assise sur le tronc d'arbre, elle avait refermé un peu les jambes, elle était penchée en avant, les coudes aux genoux, et mâchoires tendues, elle mordait avidement dans un morceau de viande qu'elle tenait des deux mains. Je replaçai aussi vite que je pus les trois photographies dans le livre, regrimpai à l'échelle, et le remis à sa place, prenant soin de l'enfoncer un peu plus que les autres, tel que je l'avais trouvé. Puis, étant redescendu, je fis coulisser l'échelle pour la remettre, elle aussi, comme elle était.

Mon cœur battait, je n'aurais pas aimé être surpris ! Personne ne survint. J'approchai de la fenêtre. Elle donnait sur un petit parc à la française. Le dessin de ce parc aux allées austères me frappa, car il rappelait, d'une certaine manière, l'apparence réservée, presque sévère de la femme dont je venais de découvrir ces photos désordonnées. Le contraste évident qu'il y avait entre l'apparence de cette femme, le cadre où elle vivait, et ce que révélaient d'elle ces images, me fit me demander si ce qui venait de se passer n'était pas voulu... Si, connaissant mon goût pour les livres, elle ne s'était pas livrée à une secrète mise en scène afin de m'inciter à mettre la main sur le seul livre qui n'était pas rangé comme les autres, et à découvrir ce qu'elle y avait caché... un peu à la manière dont le prestidigitateur procède au coup de « la carte forcée ». Il y avait des chances, bien sûr, que je ne tombe pas dans cette sorte de piège, mais quel plaisir pour elle si, me manipulant à distance sans avoir l'air d'y toucher comme elle le faisait, somme toute, depuis des mois, elle avait réussi à m'y entraîner... et à m'y révéler, alors que j'étais censé l'attendre poliment, deux ou trois choses, d'elle, dont je pouvais être loin de me douter : secret mépris des convenances, goût de l'exhibition, animalité.

Mais peut-être me trompais-je du tout au tout, et peut-être eût-elle été profondément blessée d'apprendre que le hasard m'avait fait découvrir ces photos cachées.

Laquelle de ces deux hypothèses était la bonne ?... Et que faire ?... Le temps passait. Celle que j'attendais allait arriver et je ne savais encore quelle conduite adopter. Finalement, deux points me parurent hors de question : ces photos existaient, je les avais vues. Je décidai de m'en tenir à cela, et d'agir en conséquence. Je me rendais bien compte que c'était jouer à pile ou face l'avenir de mes relations avec cette femme, mais ce que je venais de découvrir était trop fort pour que je pusse me contraindre à feindre. Je dirais que j'avais vu ces photographies... mieux même, je les tiendrais à la main.... Arriverait ce qui arriverait.

Un pas dans le couloir... Je remis l'échelle en bonne place, escaladai trois échelons, pris le livre. La porte s'ouvrit. Apparut le maître d'hôtel. « Madame est désolée. Elle est retenue en ville. Elle appellera Monsieur demain matin. » Mes mains pressèrent le livre sur ma poitrine. « J'avais commencé à lire ce livre, en l'attendant... Pensez-vous que je puisse l'emporter pour la soirée ? » « Mais bien sûr, Monsieur. Madame ne lit que bien rarement les livres qui se trouvent ici. Elle a une autre bibliothèque dans sa chambre. Monsieur n'aura qu'à me le rapporter quand il reviendra. »

La nuit venue, rentré chez moi, je regardai ces images à la loupe. Elles me troublèrent, je crois, plus qu'il n'eût fallu.

Le lendemain, personne n'appela. L'été passa, puis l'automne. L'hiver vint. Il m'arrivait d'aller rôder dans le quartier. Un soir de décembre, avant dîner, je me trouvais, au zinc du Petit Matignon, un café d'habitués, qui fait le coin de la rue de Bellechasse et de la rue de Varenne, côte à côte avec le maître d'hôtel qui m'avait accueilli lors de ce rendez-vous manqué. Il me reconnut aussitôt. Nous levâmes nos verres. Je lui demandai si sa maîtresse se trouvait à Paris, en ce moment. « Non, me dit-il, Monsieur n'a pas l'air de le savoir, mais Madame habite à Londres depuis le printemps dernier. Son mari, qui était l'an dernier conseiller commercial à Madrid, a été nommé à Londres. Madame n'aimait pas l'Espagne, elle aime Londres, je crois qu'elle s'y plaît beaucoup. » « Vient-elle à Paris, de temps en temps ? » « Je ne saurais le dire, mais si Monsieur désirait lui écrire une lettre, je ne manquerais pas de la faire suivre, bien sûr. » Je m'abstins d'écrire. Ce qui est fini est fini.

La veille de Noël, je reçus de Londres une enveloppe cartonnée. Elle contenait l'une de ces grandes cartes de vœux, pliées en deux, naïvement enluminées, que les Anglo-Saxons adorent adresser à tout propos, et portait au travers, en grandes lettres dorées, ces mots : *Merry Christmas !* Je l'ouvris. On avait scotché, sur un paysage de neige aquarellé, une photographie en noir et blanc, du genre de celles que j'avais découvertes, naguère, dans la bibliothèque. Les mains étaient posées sur les genoux. Les cuisses étaient largement écartées. Le visage, tendu en avant, avait une expression douloureuse. Grands ouverts, les yeux semblaient hagards, effarés.

Marie L.

Le Cimetière des Pères Noël

C'était un soir sans. Un soir sans lendemain. Un soir de sang, rouge comme sa robe couleur sang. Il est entré lentement dans le champ, a péniblement poussé la grille de fer forgé, prolongé son chemin, soumis à la fatalité d'un mauvais sort. Il s'est approché doucement de moi. A seulement dit : je crois que c'est avec vous que j'ai rendez-vous. Je n'ai pas répondu. J'ai ouvert mes bras. Je l'ai serré fort contre moi. Une larme s'est échappée de son visage, suivie d'une armée de ses sœurs. Les siennes, les miennes. Façon de nous saluer, de nous mêler comme une autre. Finalement, pourquoi pas ? Automatisme, mimétisme acquis au long de toutes ces lourdes années. Surtout : jouer le jeu, ne pas se laisser atteindre, refuser l'émotion venant de l'autre, cette petite chose qui palpite et qui me ferait reculer. Non. Je suis là pour lui, pour l'aider à traverser, pour son plaisir aussi comme pour celui de tous ses prédécesseurs que l'on m'a confiés. Facile. On me paye pour ça. Déjà unis dans le passage, promesse implicite, accord entre deux adultes conscients, deux adultes qu'aucune histoire d'enfants ne peut plus atteindre. Communion de chair et de sang... cercle de soufre et de feu. Enfin la vie tracée, trois lettres rougeoyantes giclées, à jamais encrées dans la poudre blanche. J'ai ouvert sa robe. Son corps était aussi chaud que celui de l'enfant qui se réveille le matin, se précipite au pied du sapin pour y découvrir ses cadeaux. Très vite, l'homme a glissé sa langue dans mon oreille. Une langue courte et large, douce, si douce. Ça m'a rappelé les coquillages quand on écoutait la mer. Histoires de voyages, d'étendues impénétrables, annonces d'éternités et de rêves infinis. Ce soir, un autre départ, aller simple pour le cimetière des Pères Noël.

Là-bas, au pays des Pères Noël, on m'appelle l'Ange Noir. Personne ne m'a jamais vue. Mais tous savent qu'un jour, ils me rencontreront, que leur descente se soldera par ce face-à-face sanguinaire. Je suis la gardienne du cimetière. J'ai été choisie en raison de l'indifférence qu'ils m'inspirent. Que de l'amertume avec eux. Souvenirs acides, marques indélébiles, absence... manque, absence... encore et toujours manque. Les cadeaux m'importaient peu. Je ne cherchais alors qu'une main tendue, un simple geste, une caresse qui apaise, une parole qui efface. Seulement pendant quelques secondes. Je ne demandais rien de plus que ces quelques secondes en suspens, où l'équilibre se perd, désobéit à la raison, anesthésie le mal comme si ce mal n'avait jamais été. Des petits fonctionnaires de rien du tout. Voilà ce qu'ils sont. C'est simple, Noël a toujours été un jour « sans » pour moi. La grande fête des miséreux. Et je te dresse le sapin, et les boules, oui les boules surtout, et pas que dans le sapin. Bref, ces traîtres ont toujours joué le jeu des parents. Alors moi, les Pères Noël, je m'en fous. Je me répète peut-être, mais c'est pour ça qu'ils m'ont choisie. Parce que jamais je ne faillirai. Maintenant que je suis adulte, je les fais crever. Et rien ni personne ne m'arrêtera. Les Pères Noël sont élevés toute une vie, dressés comme des moines guerriers en prévision de cette seule et unique soirée. Préparer la grande fête du 25. Puis disparaître, retrouver leurs petits camarades des années précédentes. Leur existence cesse à l'ouverture des paquets. Correspondance du destin... Ordre du ciel... Incontournable, et implacable.

Plus tard, mon fils, tu seras Père Noël, penses-y. Ton tour viendra. Quand les cadeaux seront distribués, il te faudra prendre la route, au petit matin, te diriger vers cette lumière que tu perçois au loin. Cette lumière sera ton refuge, veilleuse d'une jolie tombe que protégera nuit et jour notre Ange de la Mort. Mais avant, petit, sache qu'en quelques heures à peine, l'Ange te fera découvrir ce qui fait courir ceux de l'autre monde. La chair, mon enfant. L'accouplement, le grand coït, orgie de larmes et de foutre.

Non, il ne faut pas dévoiler ces choses-là. Les petits enfants ne comprendraient pas. De toute façon, les petits enfants ne comprennent jamais rien.

Chaque nouveau Noël, je les attends. Celui de cette année me fait penser à un kamikaze romantique. Quelque chose dans ses gestes. Une barbe soignée. De la grâce, de la distance. Beaucoup de détermination. J'aime ce moment de délicieuse attente. Ne pas savoir ce que l'autre a dans le ventre, vers quelles ultimes folies ses pulsions le conduiront. Non, ne surtout pas savoir. Donc, je reprends. C'était il y a quelques jours à peine. Hier, avant-hier... Peu importe. Avec sa langue, il me laboure l'intérieur de l'oreille, y trace d'invisibles sillons, écriture codée d'une autre époque. Le Père Noël sait pourquoi il est là, il sait aussi qu'il n'a pas de temps à perdre. Quelques heures. Pas plus. Quelques heures de plaisir, de turbulences et d'abandon avant le dernier saut, celui de tous les frissons. Je me tourne. Lentement, je me dégage du drap mortuaire qui me recouvre, le laisse tomber sur la terre enneigée. J'écarte ma robe, la remonte au-dessus des reins, et la maintiens ainsi plantée quelques secondes. C'est à cet instant qu'il découvre mon corps encore gainé de laine polaire, qu'il le photographie. C'est à cet instant précis que je touche et anticipe la tournure du rapprochement. Je sens sa main qui s'avance, sa main qui s'imprègne et balise chaque parcelle de ma chair. Ses doigts, comme des arêtes de craie qui fouillent et me transpercent. Il me bascule, m'allonge sur le dos. La froideur de la pierre tombale m'arrache un tremblement qui me déchire de bas en haut. Le Père Noël exhume le peu de chose qui m'habille encore. Situation rare et moment précieux. D'une main, il fait jaillir un de mes seins, le gobe dans sa paume. De l'autre, s'agrippe à l'épaule. Il me demande s'il peut. Surprise par tant de délicatesse, je ne réponds pas, et avance ma poitrine jusqu'à ses lèvres. Autorisation donnée. Sa langue est agile. Les coups qu'il assène sont précis. Un bon point pour lui. J'ai toujours aimé la précision. Mes seins se durcissent sous l'assaut de ses morsures. Légères et confuses comme le chiot tétant sa mère. Alors qu'il les lèche, je sens son genou qui s'agite entre mes cuisses. Grosseur obscène. Pic à glace d'un autre monde qui cogne et ne s'arrête plus de cogner. Dans ma nuque, son haleine, sorte de souffle haché qui balaye et cadence son désir. Je ferme les yeux. Je n'aime pas regarder quand je sais que je ne les reverrai plus. Je ferme la bouche, bloque toutes les issues. Surtout ne plus sentir l'intérieur de son ventre, l'odeur miasmatique de la peur, clôturer toutes les entrées. Je me saisis de sa queue, et commence à la faire aller et venir entre mes doigts. Ils forment un étroit goulot dans lequel j'enfonce le chibre du Père Noël. Je le frotte, dans un mouvement croissant de va-et-vient, je l'astique comme s'il fallait le laver de tout, de toutes ces pollutions pour qu'il redevienne enfin le sexe de petit garçon qu'il fut, un jour, il y a longtemps sans doute. Innocent, d'une sincérité presque trop honnête comme l'enfant glabre sortant du sexe de la mère. Je crois que le Père Noël me parle. En fait, je ne sais plus. Peut-être ai-je envie de croire qu'il me parle. Je suis très excitée. Trahison. Mon corps s'exprime, il s'adresse à l'homme, pointes de seins dressées, dures, très dures, étendards impudiques, érigés dans une ultime provocation. Ou alors, c'est le froid. Il fait froid dans ce putain de cimetière. Toujours aussi froid. Chaque année je me fais la même réflexion. Mais peut-être qu'il ne s'agit là que de la mort qui s'annonce, dans un couloir d'air glacé, impitoyable. Je ne me réchauffe pas. Je me dis que je devrais rouvrir les yeux, qu'après il sera trop tard. Trop tard pour partir, s'enfuir, dévaler les allées, courir le manteau ouvert, le corps nu, hurler, hurler plus jamais ça, rentrer chez soi, attendre, oui, attendre que... cesse le rêve. Malheureusement, je ne rêve pas, je n'ai jamais rêvé. Cette soirée qu'il me faut désormais raconter, inscrire pour ne pas oublier. Crevasses à jamais tatouées sur le blanc du papier.

Il m'a mis un doigt dans le sexe. Le doigt est rentré facilement, trop facilement. Il y avait ce bruit comme quand on se frotte l'œil. Ça venait des sécrétions. Je sécrète trop vite. C'est vulgaire quand on est une femme, quand on vous met un doigt, et qu'en quelques secondes à peine, on sécrète déjà. Entre mes cuisses, ça poissait. Il ne s'agissait plus de quelques gouttes, mais d'un fin filet qui s'en échappait. Et puis, l'odeur. Ça ne sentait pas bon. J'avais vérifié machinalement, glissant un doigt dans la fente, ce même doigt que j'avais quelques secondes plus tard porté à ma bouche. Non, ça ne sentait pas bon, mais je me disais que peu importe, ce Père Noël, je ne le connaissais pas, qu'il s'agissait finalement d'un boulot comme un autre. Je pense que l'odeur l'excitait, parce qu'il m'a mis son sexe très vite. Ou alors, c'est qu'il ne pouvait plus se retenir. Fallait qu'il décharge d'un trait, d'un mouvement de rein brutal, animal. Je n'ai pas senti son sexe, pas tout de suite, le mien était comme enveloppé de coton. J'ai compris qu'il me pénétrait quand je l'ai vu s'agiter au-dessus de moi. Je l'ai mordu au bras. Je voulais qu'il sache qu'il vivait encore. Il m'a dit : « Continue. » J'ai planté mes dents plus profond. Les incisives. Je crois qu'il aimait ça. Je ne lâchais plus, comme une bête affamée sur son bout de viande. Je secouais la tête. Peut-être voulais-je arracher de son corps un morceau de chair. Je n'en sais rien. Il a éjaculé en poussant un cri. C'était très con ce cri dans la nuit. Ça m'a fait sursauter. J'ai desserré la mâchoire, je me suis dégagée, je me suis retournée pour ne pas le voir. Je me suis mise en boule, et j'ai pleuré.

Il s'est approché de moi, m'a serrée fort dans ses bras. Tentative de consolation maladroite, sincère, mais surtout déplacée. Il m'a dit de ne pas pleurer, que c'était normal, que toutes les petites filles avaient besoin d'être consolées par leur papa. Je l'ai dégagé d'un coup de pied sec. Je lui ai rappelé que certains avaient été élevés pour donner, et que moi, je l'avais été pour prendre. Oui, pour prendre l'âme des Pères Noël. Il a simplement répondu que j'étais dure avec lui, qu'il voulait simplement m'aider, et puis surtout, que cette soirée lui était dédiée.

On s'est levés, il m'a tenu la main. Je me suis sentie grotesque avec cette chose au bout de moi. Je ne savais pas quoi en faire, si je devais balancer le bras, rester rigide, serrer sa main dans la mienne, ou m'en dégager. On s'est promenés dans les allées du cimetière, il voulait que je lui montre l'endroit où je l'enfermerais plus tard. Il n'arrêtait pas de dire : *après vous,* et *je vous en prie.* Je me suis dit que tous les hommes faisaient ça la première fois, qu'il allait sans doute allumer ma cigarette, puis toutes celles que je fumerais plus tard. J'ai beaucoup fumé. Pour m'occuper la main. Je n'ai fait que l'écouter, le regarder, l'écouter, le regarder en l'écoutant. Le Père Noël avait une belle voix. Il disait qu'il pensait à cette rencontre depuis des mois, qu'elle était étrange, il disait aussi qu'il avait aimé que je le morde, il disait qu'il aimerait qu'on retourne très vite sur la pierre tombale. Esquisse d'un sourire. Tous me racontent leur vie. Toujours le même refrain. Toujours quand ils vont crever qu'ils se déversent de la sorte.

Nous y sommes retournés. Il a voulu que je le caresse. Que je le caresse différemment. Avec les ongles. Qu'il voulait sentir mes ongles dans sa chair. Que je pouvais lui faire mal. Que plus je lui ferais mal, mieux ce serait. Pour lui. Pour moi aussi. J'ai commencé à le caresser. Je me suis emparée de son sexe brûlant, je l'ai fait rouler entre mes doigts. Je l'ai griffé, crocheté, ciselé de ma corne. J'ai tiré dessus. Je l'ai plongé dans ma gorge, planté jusqu'à la glotte, jusqu'au cri d'étouffement. L'intérieur de ma bouche, sèche comme un champ de blé calciné. Irritante et râpeuse. J'ai bouffé le prépuce, le mâchonnant. Guimauve rance et écœurante. La queue du Père Noël cernée, suintante, immobile, interdite de toute expression. Pas même un sursaut échappé, pas même un râle autorisé. J'ai rejeté la chose, ai laissé le Père Noël quelques instants ainsi, nu, contraint à l'attente. Lui, et son gros bout de chair. Je l'ai regardé... j'ai avancé mes mains, emprisonné de mes serres ses pointes de seins. Vautour funèbre excité par la source de sang. Malgré le froid, j'ai trouvé ses bouts de seins très élastiques. Je les ai saisis, étranglés. J'ai dit sans lâcher : « Recule, recule le plus que tu peux. » Il a reculé. Il a fermé les yeux comme quand on entre dans la mort. Il a dit : « Putain c'est bon, t'arrête pas. » Alors j'ai tiré comme une folle de mon côté. J'ai approché ma bouche, j'ai mordu encore plus fort. J'ai senti le sang couler dans ma gorge. Le Père Noël criait, il criait tellement que j'en avais mal aux oreilles. Il a dit que je devais cesser tout ça. J'ai répondu : « Ferme-la, je déciderai du moment où ça s'arrêtera. » Il a hurlé. Moi, j'ai aimé l'entendre hurler. J'ai lâché ses seins. Je lui ai dit : « Maintenant, tu peux. Je veux que tu te branles, pour toi, pour moi, mais que tu te branles. » Ça s'est passé très vite. J'ai à peine eu le temps de m'écarter. Il a craché d'un coup. Glaviot de misère giclé précipitamment. Le sperme est tombé sur la neige. J'ai trouvé le Père Noël ridicule avec sa queue qui redevenait toute molle. Surtout quand il m'a dit que c'était bon. J'ai répondu que c'était bien. Je me suis approchée de sa poitrine. Une dernière fois, je l'ai léchée. Le sang avait déjà séché. Il m'a tirée violemment à lui. Pour me remercier, le Père Noël a enfoncé sa langue dans ma gorge, comme quand on se met un doigt pour vomir. Il m'a fait mal. Je l'ai repoussé. J'ai crié : « Ne recommence jamais ça. » Et je suis partie.

Il m'a rattrapée. Je lui ai dit que je n'aimais pas ce moment où je leur prenais la vie. Que je devais me ressaisir pendant que lui se reposerait. Qu'il devait attendre... travailler ses dernières tensions... attendre que l'humeur et le courage reviennent dans ses couilles.

J'ai dressé l'autel. Puis j'ai sorti de sa hotte un long fouet de cuir tressé, terminé de fines pointes d'acier. Je lui ai simplement dit qu'il était temps, temps pour lui de mourir. Les mains sur la tête. Digne et résolu. J'ai commencé à le frapper. Son dos ressemblait à celui d'une bête rayée. Un peu comme un zèbre, sauf que, là, les stries étaient irrégulières. La chair a cédé très vite. Peut-être le froid, complice inespéré. Je n'en sais rien. Mais sa peau s'est fissurée en d'infinies lézardes. Le sang a giclé. C'était très beau, très impressionnant, j'étais fascinée par la rapidité avec laquelle son corps s'était mué en un torrent de sang. J'en avais plein les mains. Les éclaboussures. Je me suis dit : heureusement que je suis torse nu, que ce serait sinon très négligé de sortir du cimetière les vêtements souillés du sang du Père Noël. Ma poitrine était recouverte de projections, constellée d'une multitude de pierres précieuses, rivière de rubis. Et je frappais, et ce n'était plus mon bras qui s'abattait, mais mon corps tout entier qui semblait donner l'élan, l'impulsion aux claquements du fouet. Son corps à présent était ouvert. À cause des piques de fer qui s'incrustaient comme des sangsues. J'ai trouvé l'image très belle. Ce sont des images comme ça qui forment les souvenirs, qui les soutiennent, ce genre d'images qu'on cherche à retrouver toute une vie. Le Père Noël s'est laissé partir en quelques minutes, déifié d'une superbe érection, une érection de pendu. Dans l'épuisement, la résolution. Mais est-ce utile de décrire la chose, l'accablement, le découragement, la douleur, les cris, la syncope, l'odeur de la chair qui se fige ? Non. Plus rien n'a d'importance, maintenant. La boucle est bouclée. C'est comme ça que les gens disent, je crois.

Je me suis réveillée quelques heures plus tard. En fait c'est mon père qui m'a réveillée. Ses lèvres étaient gelées, encore pleines de ce froid qu'il avait ramené de sa tournée. Il m'a promis que c'était sa dernière année de travail, que l'an prochain il n'irait plus jouer au Père Noël. Pour sa petite fille, il a dit. Pour sa petite fille qui ne doit plus rester seule en ce jour de fête.

Paul Verguin

Tom a des chaussures qui prennent l'eau

Été juste fini, gens rentrés, voitures multipliées comme s'il en poussait des chapelets toutes les nuits à travers le bitume, le grand battage avait recommencé. « Donnez votre argent contre des objets bien emballés que vous pourrez troquer contre d'autres objets bien emballés après vous être empiffrés au prix fort ! » ordonnait le gros barbu en robe de chambre sur toutes les chaînes, sur les murs et dans les vitrines. Les fêtes ne vous avaient jamais sonné aussi vite.

Début décembre, Tom n'en pouvait plus. Comme le bon air, le désir se raréfiait dans les rues. Les gens toussaient, devenaient asexués. Outre, pour les commerçants, remplir la caisse, quatre seules choses comptaient : les cadeaux à faire, les cadeaux qu'on recevrait, ce qu'on mangerait et comment s'habiller pour le réveillon. Rien de cela ne concernait Tom. Ce n'était plus un enfant.

Appelle-t-on « obsédés » les gens qui ont faim ? Il mourait de désir.

Il y pensait au moindre moment libre — une fille qui se déshabille pour vous en se faisant le plus provocante possible, qui creuse le dos en relevant son T-shirt, qui plonge dans les oreillers en retirant sa culotte, qui enlève tout sauf ses talons hauts, ses bas et son porte-jarretelles (qu'elle a repassé pour vous), qui prend ses cuisses dans ses bras en observant attentivement votre visage. Une fille qui adore le trouble, qui rêve de vous enfermer dans son érotisme, de remplacer en vrai tous vos fantasmes.

Être un être asexué, il ne savait pas jouer à cela. Du coup, il ne savait pas y faire avec elles. Il n'arrivait jamais à leur parler de la météo, à faire semblant d'être deux personnes exemptes de la folie de se livrer ensemble aux dernières indécences. Il avait envie d'aborder tout de suite les vrais sujets et, les rares fois où il s'y était risqué, à sept, quatorze et vingt et un ans, il avait cru en tomber de solitude. D'autre part, il évitait la compagnie des hommes, chaque minute étant douloureuse en ceci qu'il aurait mieux fait de la passer auprès d'une femme. Et Tom avait tant de peine à comprendre pourquoi un homme perd son temps à parler des femmes avec un homme au lieu de se consacrer à la bouche et aux cuisses de sa petite amie — tous en avaient une — qu'il n'avait pas d'amis. Il vivait de plus en plus seul. À la grande boutique de matériel d'art de Montparnasse, où il était vendeur extrêmement qualifié, il fonctionnait comme un bonhomme en bois. Les clientes l'intimidaient, les clients le fatiguaient, la Direction l'attristait, il servait par saccades. D'ailleurs, les artistes n'étaient pas drôles quand il s'agissait de refaire le plein de cramoisi foncé permanent et de lavis n° 3. Toute erreur provoquait des délires. La boutique était l'endroit le moins excitant de Paris. On n'y heurtait que des visages tendus et des regards égarés — pas par la luxure. C'était Noël en toute saison.

En décembre, surtout, il se réfugiait chez lui — deux chambres de bonne transformées en studio mansardé, dont le loyer coulait son budget. C'était le seul endroit lumineux de sa vie. Il y faisait du feu dans une petite cheminée de faux marbre noir, à rideau de fer noir. Il y consultait la collection de vidéos X qui torpillait son salaire. Qui pouvait regarder la télévision courante, à l'approche de Noël ? Les vidéos coûtaient cher et comportaient malheureusement de grossiers visages d'hommes, mais elles lui permettaient de rester en contact avec la réalité. Grâce à cela, au moins, les femmes n'étaient pas un mystère. Rien de ce qui lui manquait le plus au monde ne demeurait dans l'ombre.

Il avait honte de passer toujours seul devant la loge de la gardienne. Pour ne pas être vu d'elle ou de son mari, impressionnant modèle de militaire retraité avant l'âge mais déjà bien mûr dans les vignes, il en arrivait à attendre l'heure des jeux télévisés pour entrer ou sortir. Ils se moquaient de lui comme pour se venger d'avoir, elle un mari acariâtre, lui une épouse démodée.

Le 25 décembre tombait un vendredi. Dès le lundi, pour les paquets-cadeaux, la Direction avait embauché une belle jeune fille très efficace qui semblait ignorer qu'une couture de son jean lui séparait tendrement les fesses et filait par-dessous lui écarter les grandes lèvres, quitte à lui chiffonner les petites.

La pluie ne cessa pas de tout le mardi 22. Ce soir-là, chez lui, Tom marchait de long en large en chaussettes mouillées, la gorge et les poings serrés. Soudain lui apparut le moyen de s'évader un moment : faire la liste des commissions, car il n'y avait plus grand-chose dans le réfrigérateur ni sur les étagères. Il débarrassa le comptoir de la cuisine dite américaine où il venait d'avaler ses spaghettis sauce toute prête, puis il s'y installa, bloc et stylo en main.

Sopalin
Café
Mayonnaise

Il soupira profondément, inséra tant bien que mal *Filtres* entre *Café* et *Mayonnaise.*

Mais il arracha la page, la froissa, recommença :

Sopalin
Café
Filtres
Mayonnaise
Sucre
Nouilles

Brusquement, il arracha encore cette page-là et se mit à écrire très vite sur la suivante :

Cher Père Noël,

Je voudrais une grande boîte capitonnée, climatisée, pleine de lumière douce, où je serais enfermé pendant des heures avec une femme âgée de quatorze à soixante-quatorze ans, très sensible, adorant le désir. Physiquement, elle aurait simplement un visage sans dureté, même sans beauté, et le corps libre et agile. D'abord, elle serait tout habillée — des tissus très souples — (Il s'interrompit, fit quelques pas en respirant fort, puis revint se hisser sur le prétendu tabouret de bar. Il avait très envie de regarder une vidéo à laquelle il pensait, mais il savait que le découragement prendrait possession de lui à l'instant où le magnétoscope afficherait 0. 00. 01. Il se remit à écrire avec une humilité de calligraphe japonais transcrivant un haiku inaltérable.) — *et elle se mettrait à quatre pattes, le cul le plus haut possible* (Il souligna <u>cul</u> à en transpercer le papier de riz.) *et elle me supplierait en gémissant de la trousser, puis de lui baisser sa culotte sur les cuisses, et elle en sangloterait de trouble et d'émotion en se tordant le cou pour regarder en arrière — pour me voir la voir comme ça.* (Il enchaîna sans respirer.) *À un autre moment — elle aurait encore le haut — je serais encore derrière elle, elle serait à genoux, bien campée, dos creusé, cuisses ouvertes, mains à la taille ou derrière la tête, et elle me supplierait en gémissant de la dépoitrailler, de prendre ses seins dans mes mains pour les malmener tout doucement...* (Les *m,* les *n* et les *u* de ces trois derniers mots lui écorchaient la main. Il ferma les yeux en fronçant le front à toute force. On aurait dit l'homme qui a faim dans un petit craquement d'œuf dur.)

Tom arracha la page en se laissant glisser de son tabouret, tomba au sol et y demeura immobile. On aurait dit un alcoolique désossé en perdition. Quelques minutes plus tard, il refaisait surface, récupérait sa lettre, la roulait en boule et la lançait dans la cheminée. Les flammes se relevèrent, plus chaudes et lumineuses.

Jeudi 24, la boutique resta ouverte, jeune fille penchée sur la table aux paquets-cadeaux, jusqu'à 21 heures. En dépit de son aversion pour le bataclan désolé, Tom se sentit ensuite incapable de rentrer chez lui. Il partit au hasard. Les voitures aveuglantes prenaient racine par cageots de cinq cents. Toutes les femmes de Paris, au contraire, s'étaient mises à courir exactement comme si leurs jambes ne devaient plus jamais servir qu'à cela. Un petit vent froid et humide ne cessait de vous rabattre le col.

Il traversa la place Saint-Sulpice en levant la tête vers les toits. La grande distribution pour rire avait-elle commencé ? Les Rennes, le Père Noël devait leur laisser la bride sur le cou. Ils l'avaient amené d'une seule traite du Grand Nord et, maintenant, le Traîneau glissait sur les Toits Enneigés comme une coquille de beurre dans une poêle à frire. À chaque Cheminée d'Enfants Sages, le Père Noël saisissait une Hotte toute prête, à laquelle était épinglée une Lettre, et sautait en marche. Quand il remontait de la cheminée, le Traîneau était là qui l'attendait en *stand-by,* les

Rennes faisant mine de gratter la neige pour chercher des lichens. En fait, le Père Noël aimait bien les enfants pas sages — ça faisait toujours une cheminée en moins — et ceux qui n'avaient pas écrit de lettre, ou qui n'avaient pas mis la bonne adresse, ou pas de timbre, ou qui l'avaient balancée dans le feu. Tom froissait violemment la liste des commissions dans sa poche comme si c'était sa propre demande sans espoir — celle qu'il était si content d'avoir brûlée. Comme s'il renonçait, comme s'il se rendait. Comme s'il voulait se rendre complice de la puissance implacable qui n'avait jamais cessé de rouler en boule ses plus belles aspirations.

Au coin des rues Bonaparte et Gozlin, dans les lampions flamboyants de la pharmacie restée ouverte pour bazarder avant minuit des falaises d'eaux de toilette enguirlandées, il se mit à pleurer à flots. Les gens le bousculaient sans le voir. Pas même obligé de se cacher, il n'en fut pas moins soulagé de se défiler dans les hauts murs de la rue des Ciseaux où l'on n'y voyait presque rien, quitte à replonger, les yeux presque secs, dans les éclats tumultueux de la rue du Four.

Maintenant il n'était même plus dans la triste histoire mais dans *Cendrillon.* Rentrer avant la douzaine de coups.

La petite porte dans la porte cochère était restée bloquée ouverte comme dans la journée, sans doute pour faciliter les allées et venues des élégants porteurs de victuailles et de cadeaux. Au moins, pas besoin d'appuyer sur le bouton qui déclenchait un bourdonnement d'enfer. Tom fut heureux aussi de ne distinguer aucune lumière à travers le rideau de la loge — les affreux devaient réveillonner chez d'autres malades.

Autre soulagement, une fois chez lui : il y avait

encore des bûches dans le panier. Il alluma le feu de toute urgence.

Il devait avoir faim car, ensuite, avant de choisir une vidéo dans le placard, il alla ouvrir le petit réfrigérateur logé sous le comptoir. Il se rendit compte qu'il n'avait toujours pas fait les courses. Restait là un fond de jus d'orange, quelques feuilles de laitue défraîchies, et un œuf de travers sur la grille du haut. Il saisit l'œuf et le déposa près de la plaque électrique. L'œuf roula sur le plan de travail et alla s'écraser par terre, jaune aussi crevé que la coquille. Réveillon : pas d'œuf et serpillière collante. Tom alla se jeter sur le lit. Il lui apparut qu'il n'avait plus raisonnablement la force de supporter l'heure qui suivait. Que ce soit justement la grande heure supersacrée sans œuf de Noël n'avait pas d'importance. Il n'avait plus raisonnablement la force de supporter la moindre heure avec ou sans n'importe quoi. Il avait le cœur qui cognait comme un battant de cloche et n'entendit pas tout de suite qu'on frappait à la porte. Dès qu'il en eut conscience, il sauta sur ses pieds en se frottant les yeux. La tentation de ne pas ouvrir l'oppressait. Il savait qu'on voyait la lumière sous la porte. On l'avait peut-être entendu marcher. Il ne redoutait rien comme l'énervement des asexués dans ces cas-là.

Il alla ouvrir. La gardienne était là, dans le mauvais éclairage du couloir, avec ses lunettes papillon, vêtue de son imperméable. Sans un mot, elle fit un pas en avant comme s'il l'avait invitée à entrer. Il s'écarta et elle passa devant lui en ôtant son imperméable, qu'elle lui laissa sur les bras tandis que, d'instinct, il refermait la porte. Quand il se retourna, elle gagnait malaisément la cheminée tout en se dénouant les cheveux, vêtue en tout et pour tout d'une très mince petite culotte mauve et chaussée d'une paire de decks très usagés mais étincelants de cirage, taille 44, qu'il reconnut comme lui appartenant, qu'il avait déposés aux poubelles le mercredi matin à la suite des grandes pluies de la veille.

Elle marcha sur les lacets et faillit tomber.

Elle mit un genou au sol et se pencha sur la chaussure droite. Tant qu'elle y était, elle posa aussi l'autre genou, se pencha encore bien davantage et, bien appuyée sur les deux mains, souffla sur le feu auquel ressemblaient, chaleur comprise, le mauve de la culotte et le châtain des fines boucles dépassant dans les fossettes. Puis elle se releva et se retourna vers lui, bien campée devant la petite cheminée, jambes en compas, mains derrière la nuque. Avec dans les doigts, par le coin, une feuille de papier défroissée qu'il reconnut aussi vite que ses chaussures, comme s'il tombait dans le vide : c'était sa lettre.

— Le Père Noël est passé, dit-elle alors doucement et distinctement.

Il ne se demanda pas si c'était du rêve ou de la réalité — il connaissait trop la différence entre les deux choses. Elle avait réellement des seins de rêve : lourds, gros, très détachés mais fermes, élastiques, rebondis, avec d'énormes pointes renflées comme des toupies. (Il avait bien vu quand elle faisait semblant de renouer ses lacets.) C'étaient des vrais — ceux qui changent de forme quand on se penche. Quand il approcha, elle tira les épaules en arrière pour les lui appuyer sur la poitrine. Elle avait un gourmand visage tout frais, tout neuf dans ses grands cheveux brillants.

C'était bien la preuve qu'il n'en pouvait plus. Il avait fait des bêtises sur toute la ligne. Il avait brûlé la liste des commissions à la place de la lettre, qu'il avait donc fourrée dans l'une des chaussures à jeter en croyant que c'était la première liste.

Elle lui passa un bras autour du cou en ouvrant la bouche avant même de trouver la sienne. Le baiser dura le temps réglementaire des premiers soins aux mourants. Quand enfin elle s'écarta un peu, elle murmura, essoufflée comme si elle expliquait tout de lui qui ressuscitait à la Tom, à la œuf de Pâques :

— Tu as toujours l'air si gentil...

Elle le prit à pleine main par le devant de son pantalon.

Philippe Cousin

Lady Godiva fait le grand écart chez les célibataires

Joyeux Noël, ma cocotte, bisou-bisou, oh je veux bien un thé, ça t'ennuie si je reste cinq minutes, après je rentrerai chez moi pour pleurer ? Qu'est-ce que je dis ? Pour rire !

Ben rien. Les trucs habituels, quoi. Il y en a qui ne prennent même pas la peine de charger une pellicule, mais cet après-midi, c'était le pompon : j'ai eu un client qui *faisait semblant* d'avoir un apparcil-photo. Incroyable, non ? Il sautillait sur place, en appuyant sur un déclencheur imaginaire, clic clic clic. Et si moi j'avais fait semblant d'être nue, hein ? Ce qui me tue, depuis que je suis au monde, c'est que la règle du jeu n'est pas la même pour tous.

Je ne t'ai jamais raconté ? J'ai sauté le pas la nuit du réveillon, il y a deux ans. Oui, la veille de Noël. J'en avais marre de crever de faim, marre de mon studio, marre du chômage, marre de moi, et toi tu étais partie chez tes parents pour les fêtes, mais non je ne te reproche rien, chacun sa vie, tu sais qu'une personne sur deux à Paris est seule ? On m'avait invitée ici et là, mais je n'avais pas envie de me montrer avec la même robe que l'année précédente, mes chaussures usées et mon manteau fatigué, et surtout je n'avais pas envie de me taper la messe de Noël, les huîtres, le foie gras et toutes ces conneries pour te faire avaler que le reste du temps, tu te gaves d'humiliations, de sandwiches panini et de cafés à dix balles le fond de tasse.

Alors j'ai passé une petite annonce avec les deux cents francs qui me restaient :

Lady Godiva fait le grand écart chez les célibataires. Brune, 90-65-92. Photos de charme.

Et mon numéro de portable.

Le plus marrant, c'est que je venais de résilier mon abonnement, mais bon, on était le 24 décembre, j'avais encore ma boîte vocale pour une semaine ; c'est là que je me suis aperçue que les types ne laissent jamais de message, c'est tout de suite ou salut. J'ai eu de la chance, mon portable a sonné dans le métro et tu sais quoi ? J'étais à Daumesnil, et le type habitait Picpus, c'est silencieux par là, on a l'impression que la fin du monde est arrivée et que personne ne va sortir pour jeter un coup d'œil...

Il devait appeler d'une cabine, parce que j'entendais le bruit de la circulation en arrière-fond. Je lui ai dit que je pouvais être chez lui en dix minutes, et mon cœur s'est mis à battre quand l'absurdité de tout cela m'a sauté au rimmel.

Bac plus quatre, une licence de socio, des remplacements de merde, puis les petits boulots, la dégringolade, les impayés, les vitrines pleines de bouffe et de fringues qui vous explosent à la gueule et rien, rien, j'en étais à poser nue pour des inconnus la veille de Noël pour payer le loyer et m'offrir une bûche en gâteau roulé chez Leclerc, 8,50 F.

C'est que ça n'a pas de sens, même pour eux. Comment ces types peuvent-ils aimer ça, photographier un cul qui s'est posé trois millions de fois sur une chaise, des seins qui se sont penchés sur un évier plein de vaisselle midi et soir toute l'année, et des cuisses, parlons-en des cuisses, qui se sont envoyées tous les escaliers ! Et je ne parle pas du reste à récurer, à soigner, à gratter, à poncer. Le corps est un ami encombrant, tu n'es pas de mon avis ?

Tu sais quoi ? La vérité, c'est que les femmes ne sont pas des personnages de roman, mais des machines. Les hommes se font tout un cinéma à nous grimper dessus, et nous on les laisse faire en soufflant cinq minutes. Ah, ça t'amuse, dégonflée ? Toi qui gagnes ton argent de poche comme hôtesse sur la Terrasse Martini, pendant que je joue les hardeuses à domicile ? Alors, il vient, ce thé ?

C'était la première fois, j'étais morte de trouille. Il devait être trois heures de l'après-midi, j'ai entendu sonner le carillon d'une église au loin, l'adresse qu'il m'avait donnée était celle d'un immeuble sur cour et en face, il y avait une espèce de couvent. Il paraît que les congrégations religieuses sont les propriétaires les plus riches de Paris, tu savais ça ? En tout cas, c'était calme.

Bref, je monte au quatrième et je sonne, tu ne sais pas ce que c'est de sonner chez un type que tu n'as jamais vu pour te foutre à poil devant lui. L'impression de glisser son doigt dans un trou de souris, oui, et puis une espèce de rage d'être là. Il avait retiré sa carte de visite de la porte, le con, mais j'ai bien vu le trou de la punaise.

Là-dessus, il ouvre, l'air plutôt gentil, et c'est le Père Noël.

Le Père Noël, oui ma vieille, la houppelande, la barbe, les bottes mouillées, le nez gelé, tout y était, il venait d'arriver, il me dit : je n'ai pas eu le temps de me changer, mais entrez, entrez, fait-il, même les Pères Noël se font des cadeaux et vous êtes mon cadeau.

Il me précède en ôtant sa barbe et son manteau rouge et je vois que c'est un type entre deux âges mais je sais plus lesquels, un physique quelconque, quoi, tout en ovales, une pousse de poils irrégulière et des lunettes qui datent. De l'humour, mais pas de vraie gaieté, mais ça je l'ai vu après. Il s'était rasé et ne s'était pas loupé : trois ou quatre toupets de coton ornaient son cou comme de minuscules éruptions volcaniques.

C'est tout petit chez lui. Les murs sont blancs, il a dû retirer les tableaux parce qu'on voit des rectangles un peu jaunis. Dans ces moments-là, l'esprit fonctionne à toute vitesse, crois-moi. Tu trieras tes impressions plus tard, dans le taxi, en froissant les billets de banque, des fois que ça aurait une signification précise.

Je demande :

«Vous êtes le vrai Père Noël ?

— Je suis un Père Noël qui travaille au Printemps, c'est très rare, me répond-il du même ton.

— Et vous faites ça toute l'année ?

— L'hiver au Printemps, le printemps à l'hosto », fait-il en retirant ses bottes. Il lui manque des cheveux sur le dessus. « On y gagne bien sa vie, vous savez. Je leur sers de cobaye pour des vaccins, des tests de sommeil, de médicaments, je ne sais trop quoi. Et puis, dit-il en ouvrant un placard pour ranger tout son attirail, je vends mon sperme à des bourgeoises en mal d'enfant, mon sang à des accidentés de la route, mes cheveux pour faire les filins sur les maquettes de voiliers et mes ongles pour des casquettes de poupées russes. »

Cocotte, ton thé est génial. Je voulais passer chez toi en sortant, j'aime ton Darjeeling, il faut toujours se donner un but dans la vie et aujourd'hui, mon but, c'était de prendre le thé avec toi. Pour en revenir au Père Noël, je lui dis : je suis Lady Godiva, c'est une femme qu'un type avait cru humilier en la faisant traverser nue toute la ville, montée sur un cheval blanc. Il dit : je sais, je sais, c'est pour cela que je vous ai appelée, et puis je vous trouve très jolie.

Il ajoute, par acquit de conscience : très très jolie. Et je peux lire dans ses yeux : *oh bon Dieu, pourquoi faites-vous ça, comment en êtes-vous arrivée là ?*

En métro, pardi ! je réponds mentalement, j'ai fait Réaumur-Daumesnil sous mes cheveux, je n'avais pas de cheval blanc à portée de la main. Il me propose alors de boire quelque chose, je réponds non merci. Et puisqu'il faut bien y venir, il sort de sa houppelande un vieux portefeuille tout crasseux et il aligne six billets de cent francs sur la table.

« Le salaire de la magie, dit-il en souriant. On me paye pour escroquer les enfants. »

Je lui répondrais bien qu'il n'a qu'à se faire Père Fouettard, mais je ne veux pas tenter le diable et je ramasse les billets. Un coup d'œil à ma montre : quinze heures vingt. Je me dis que je vais peut-être le regretter toute ma vie mais qu'il est trop tard pour reculer.

Je lui demande où je me mets, et il a un geste flou, ils savent très bien où ils vont t'installer, tu sais, le scénario est rédigé à l'avance mais sur le moment, ça les bloque toujours cette question. « Là. »

Là, c'est nulle part et partout, c'est l'endroit où ils posent leurs yeux. Son canapé est un truc géant, un cuir noir qui a dû coûter bonbon, et il y a un projecteur de diapos sur une table basse.

Bon. Le canapé, donc, pour bien voir. Depuis, je classe mes clients en quatre catégories : les entomologistes, les gynéco, les louveteaux et les sentimentaux. Ceux-là te font poser devant leurs meubles, la photo de leur mère, les rideaux achetés sur catalogue, avec la rose des sables rapportée d'Algérie dans un coin. Celui-là, c'est plutôt un entomologiste. Il va garder la distance pour mieux me voir.

Je m'approche donc du canapé en déboutonnant mon manteau. « C'est bien, vos cheveux à la Louise Brooks, il fait, vous devez avoir la peau blanche, non ? » Il a une drôle de voix aiguë, c'est qu'il est jeune en fin de compte, mon âge à peu près ; tu sais que c'est incroyable le nombre de jeunes types que je rencontre alors qu'on imagine toujours qu'il n'y a que de vieux cochons sur terre ? Je plie mon manteau et je le pose sur une chaise, je respire un grand coup et j'attaque le plus dur.

Je m'épluche vite fait, la jupe, le pull, le Loulou, la culotte, et je planque des chaussures sous le tout, ça va vite, j'ai toujours eu horreur de ça. Pas d'être à poil, mais de me dépoiler. Montrer le blanc du poulet puis laisser mes petites affaires sur un dossier de chaise, ou sur un lit qui n'est pas le mien, ça me pollue, qu'est-ce que tu veux. Pourtant, pas chienne, je mets mon linge dessus pour qu'il en profite, eh bien tu sais quoi ? Je pourrais tout aussi bien être en robe de bure, ça ne lui ferait ni chaud ni froid.

« Vous n'êtes pas contre la fantaisie ? il chuchote.

— Non, non, je réponds », pas très fière.

On avait effleuré le sujet au téléphone, j'ai pensé qu'il faudrait danser ou bien mettre des bracelets et des trucs, et qu'au bout d'un moment il me demanderait de me caresser. Là où je ne suis pas d'accord, c'est quand ils te sortent ce avec quoi ils veulent que tu te caresses, tu ne sais jamais si tu es en face d'un nostalgique du hochet ou d'un fana du marteau-piqueur...

En fait, non, il veut que je m'allonge sur le canapé, un peu sur le côté. Nue, bien sûr, gourde ! Je demande où est son appareil, et il me dit qu'il n'en a pas.

« Vous n'allez pas me photographier ?

— Non, je ne vais pas vous photographier, les

photos sont déjà prêtes — il montre le projecteur. Là-dedans.

— Ah », je dis.

Il ne me regarde pas vraiment, il fixe l'objectif de son appareil avec l'air qu'ils ont tous, comme s'il s'agissait de leur engin, ou d'une guillotine à cigare, enfin, un de ces trucs qui tranchent net, dans le vif, c'est ce qu'ils croient les pauvres. Il y a le même dans les appareils-photos, ils appellent ça un rideau, c'est comme une fleur de métal qui se ferme d'un coup, avec des pétales, j'aime bien ce bruit, au moins c'est net, ça annonce que ça vient de te prendre une partie de toi-même. Tandis qu'avec une caméra, un camescope, tu n'entends que le moteur du zoom, c'est sournois, ça tourne depuis dix minutes et tu ne t'en es pas aperçue. Tu es déjà tout entière dans la boîte, tu n'as même pas eu le plaisir de te donner.

« Ce sont des photos d'enfance, m'explique-t-il, enfin, de mon adolescence. Ne me demandez pas pourquoi, je voudrais les regarder sur vous.

— Des diapos ? Sur moi ?

— Ce n'est pas lourd, dit-il en souriant, l'air un peu, comment dire ?... C'est léger comme un baiser. »

Il se reprend :

« Comme un papillon. »

Comme un papillon, bon. Je fais celle qui ne s'étonne de rien, j'ai un peu froid et un peu mal au cœur, je voudrais que ça soit déjà fini.

« Je reviens », dit-il, et il passe dans la pièce d'à côté.

Fin de l'acte II.

Tu l'achètes où, ton thé ? Rue Vieille-du-Temple ? Je connais. Super. C'est un mélange ? Sur le moment, je n'ai pensé à rien. Bien sûr que j'ai toujours la trouille qu'il y en ait un autre, ou plusieurs, prêts à profiter de l'occasion ! Ma bombe lacrymo n'est jamais loin, mon client peut bien revenir avec un dogue ou son voisin, je suis prête à lui en mettre un coup mais là, cette première fois, je sens la faille, le type gentil, la souffrance...

Le voilà qui rapplique avec ses chargeurs de diapos et du coup, je suis un peu déçue. Déçue, oui, ne ris pas, tu es agaçante à la fin, tu as des sucrettes, ben oui, j'en ai deux ou trois à perdre, là, et là. Et après, après quoi ? Si je veux bien desserrer un peu les jambes, demande-t-il, pas trop, et avancer ce sein-là, reculer l'autre, et comme ceci, et comme cela.

Je fais donc comme ceci et comme cela. C'est Noël, j'ai gagné six cents balles, je fais semblant de croire que c'est un boulot comme un autre. Mes cuisses qui glissent l'une contre l'autre font un boucan incroyable et j'ai une chair de poule à n'y pas croire, comme si ma peau poussait vers l'extérieur mais il n'a pas l'air de s'en rendre compte, il réfléchit.

« Tu peux te cambrer ? »

Il fait deux pas en arrière, un pas en avant, m'examine sourcils froncés, arrange un pli, on essaye autrement, la jambe comme ci, la jambe comme ça, non, finalement, c'était mieux avant.

Moi, je ne dis rien, le compteur tourne, j'ai été payée, c'est comme si j'avais quitté mon corps et que je regardais de haut une belle fille nue avec ses cheveux noirs, son triangle noir, le canapé noir, et tout le reste blanc comme sur une photo surexposée. Et là, tu sais quoi ? Je vois qu'il a des charentaises !

Arrête ! Mais arrête ! Oui. Ouiiii ! À carreaux. Qu'elle est bête ! Mais que tu es bête ! Sa copine est à poil devant un inconnu en charentaises, et c'est tout l'effet que ça lui fait !

Oui. Non. Non, je n'ai pas ri. Non, mademoiselle ! J'étais sciée. Tu sais bien comment ils sont, quand ils te photographient. Et ce qu'ils font après, ou en même temps, ça fait partie du jeu, mais pas de toi, si j'ose dire. Là-dessus, il tire les doubles rideaux, des épais façon grand-mère, surpiqués, ça lui vient de famille mais comme ils sont trop grands pour la fenêtre, ils traînent un peu par terre, et il allume son outil... Ouiii, son projecteur ! Idiote ! Bête !

Si tu continues, ta copine, elle boit son thé et elle rentre chez elle sans rien te raconter ! Non, c'est toi qui me fais rire, idiote.

« Vacances à Bréhat », il annonce.

Il tourne la glace de l'armoire à mon intention :

« Vous vous voyez ? demande-t-il. Comme ceci, plus, moins ? » Moi j'ai horreur de me voir, mais je n'ose pas trop lui dire, si ça fait partie de son plaisir. « Bon, répète-t-il, vacances à Bréhat, juillet 1972. »

Le faisceau du projecteur s'élance et la première diapositive se pose sur moi. En enfonçant le menton, je reconnais la baie du Mont-Saint-Michel à marée basse.

« C'est pas l'île de Bréhat.

— Si. Mais on a fait des excursions, cette année-là. Elles ne sont pas dans l'ordre. »

Il me demande de tendre le ventre et je le tends. Ma chair de poule a disparu, mais pas mon mal au cœur. C'est un mal au cœur différent, comment te dire ? Une sorte de vide, là, qu'on voudrait bien combler on ne sait trop comment, ou plutôt si, on le sait bien mais on ne veut pas le dire. Je regarde s'il bande, mais non.

Il est là, tranquille, il n'a même pas les mains dans les poches, il regarde la baie du Mont-Saint-Michel. Et puis les rues de Quimper ou Paimpol (je ne sais plus) les remparts de Saint-Malo où son père était douanier, à ce que je crois comprendre, clac clac clac, les diapos défilent, s'il vous plaît, retournez-vous, ça va être les monts d'Arrée, ce n'est pas qu'ils sont hauts, ni redondants, mais ça ira mieux sur vos fesses.

Je me retourne. J'ai envie de rire, mais on ne rit pas dans une église, et ce type est en train de dire une messe. Les hosties sont des images et mon cul est un autel.

En me tordant le cou j'arrive à voir dans la glace ce qu'il en fait, de mes fesses : il en fait de la bruyère à l'aube, du brouillard à l'eau de rose et des ondulations préhistoriques au milieu desquels passe la route de Loudéac à Châteaulin. « Retournez-vous », dit-il encore, et pendant que je m'exécute, il inverse l'objectif du projecteur.

« Oui, dit-il. Oui. »

Il entre dans le faisceau pour refermer un peu mes jambes, puis il recule, il a déjà disparu ; je pense à ces poissons de grande profondeur qui craignent la lumière. Il referme mes jambes, c'est incroyable, non ? D'habitude, c'est plutôt l'inverse. On n'en montre jamais assez.

Je ne le vois plus. Le faisceau m'aveugle, et le bruit de la soufflerie m'hypnotise. Mais je l'entends. Il précise qu'il veut une surface bombée, mais pas trop, et que ça tombe bien, mes hanches ont juste la longueur voulue.

À l'extrémité du pinceau lumineux, un peu comme un timbre sur le bout du doigt, il y a maintenant une image minuscule qui tient tout entière sur mon sexe, et cette image, c'est une colline. Au pied de cette colline il y a une rivière, au milieu des berges molles. Ça me dit quelque chose, mais c'est trop bref pour que je mette un nom là-dessus, les images s'enchaînent comme si on survolait le paysage.

Et là, tu sais quoi ? Il se met à faire la mouette ! La mouette. Oui mademoiselle, la mouette ! Oh, arrête ! Arreeeeête ! Il pousse des cris, comme ça, kwi kwi kwi, des cris de mouette, quoi ; mais non, c'est pas drôle ! C'est... émouvant, comme quand on joue avec un enfant. Il a de l'imagination, ce type, pas comme tes connards de chefs des ventes dans leurs costumes trois-pièces ! Il fait aussi scchhouff, scchhouff, et gricchiichh, gricchiich, la vague et les graviers, et pendant ce temps-là les diapos défilent, on survole la lande, les ajoncs, les lauriers et la côte, et d'un saut de puce, on est de l'autre côté, dans l'île.

L'île de Bréhat, annonce-t-il, mais je l'ai reconnue avant lui. Son ombre se penche sur moi, je sens ses mains chaudes sur moi, mes chevilles, mes cuisses, ça va si vite que je n'ai le temps de rien dire, il a déjà disparu.

Ce qu'il a fait quand il est entré dans la lumière, c'est qu'il a dégagé mon sexe de l'émolience des cuisses, et qu'il est maintenant exposé comme une île à marée basse, avec sa végétation humide et son odeur de vivier. Les mouettes crient, et il fait aussi le bateau, un ferry-boat pour cette terre intime, au parfum de puits rose et de fermentation. Et le bateau, je le prends avec lui parce que je sais ce qu'il va me montrer. Le petit port, les maisons tapies dans les genêts, un univers de poupées, comme un timbre-poste collé à l'intérieur de ton crâne, près de la zone des rêves.

Tu comprendrais mieux si tu connaissais Bréhat. C'est une merveille. Des couleurs qui claquent sous un ciel de bronze. Par les petits sentiers où l'on ne rencontre que des bicyclettes, on va de carte postale en carte postale. « Elle est incroyable cette maison, dit-il à mon intention, vous la voyez, cette maison tout au bout de l'île, énorme, on la louait tous les ans à des Parisiens. Nous, on vivait au village... »

L'appareil ronfle et cliquète pendant qu'il me raconte qu'il a vécu là entre l'âge de trois ans et son service militaire. Il me raconte les marées, les orages, les ris du vent sur l'eau verte, il me raconte tout ce que je sais par cœur, que j'ai aimé comme lui, et sa main court sur les sentes et les collines, elle dévale les escarpements et fend l'eau tiède qui rissole dans les mares, elle m'épluche et me fend, puis elle m'empoigne par le ventre comme on le fait par l'ouïe des poissons et...

« Et après ? je demande.

— Après quoi ? » murmure-t-il.

Il ne fait plus la mouette, ni la mer. Il a l'air d'un oiseau triste perché sur son rocher. « Après, dit-il, je suis monté à Paris et je suis mort.

— Oui, dis-je, moi aussi. »

Mon cœur se calme, et tout en bas, là où il a enfoncé sa main, le ruisseau s'apaise aussi.

Il est assis près de moi, et de son autre main, il tripote la télécommande du projecteur :

« Moi aussi quoi ?

— Moi aussi, je suis de là-bas », dis-je. Le chargeur de l'engin se déplace d'un cran, je vois des mouettes sur mes bras et des bateaux de pêche sur l'abdomen.

« Ah oui ? » dit-il.

Les rochers, annonce-t-il, en déplaçant un peu le projecteur pour que ces rochers-là coïncident avec mes seins, les rochers qu'il y a tout au bout de l'île. Et figure-toi qu'ils ont exactement la même forme que mes seins ! Et sur les rochers, clac clac clac, s'amènent tour à tour des gens, la tante Julie, l'oncle Bob, la mamée, le papé cap-hornier, les Rousseau qui louaient la maison en été — les fameux Parisiens —, les voisins Keradec et le petit jeune homme qu'il était à quinze ans.

Et puis des cousines laides et jolies, et des bébés qui plissent les yeux au soleil... Il me les présente gentiment, comme si j'étais la fiancée, et pendant ce temps-là, les nains m'escaladent, posent le panier de pique-nique, s'étirent au soleil et lancent des plaisanteries. Les Rousseau ont l'air charmants et reposés, le monsieur a une chemisette et des boxer-shorts, la dame est brune avec des macarons sur les oreilles, elle fait la grimace en fixant l'objectif, la petite fille vient de sortir du champ, on ne voit d'elle qu'une ombre bougée. Elle a rejoint les autres enfants dans les flaques d'eau tiédies par le soleil, on les entend crier et rire d'excitation.

La mer est calme, bien plate, d'un beau vert d'huître, et dans le ciel bien dégagé il n'y a qu'un ou deux stratus. Les parasols éclosent, au loin passe un tanker couleur minium, à ce moment-là je suis devenue l'image qu'il projette sur moi, tu comprends, je suis vraiment devenue sa putain d'image mentale. Il n'a plus besoin de s'époumoner, j'entends les mouettes et j'entends la mer, je sens sa pression continue, énorme, sur mon ventre et mes seins, je sens le sel sur ma bouche, et je deviens belle, invinciblement belle comme on l'est après un mois en Bretagne, quand le vent et le crachin vous ont bruni la peau en profondeur, que le soleil derrière les nuages vous a séchée, murie, guérie, et que vos cheveux crépitent, chargés d'iode et d'ions.

Clac clac clac. L'arrière de la maison. Le fil à sécher le linge. Les hortensias. Le côté, avec le garage à bateau. L'autre côté, avec la véranda. Et toujours dans l'image, le coin qu'enfonce la mer, son aileron gris, brillant comme du métal.

Il me passe aussi la barcasse avec laquelle on livrait les bouteilles de gaz, l'eau minérale et le pain, et sur elle, là, il a grandi, seize ans, c'est quand j'ai commencé à le regarder. Lui me regarde depuis longtemps, je vois ça à son air sournois, le front buté qu'il tend à mes sarcasmes, il attend le soir, on ira faire des cochonneries dans les genêts.

Et là, je ne vois plus qu'un grand soleil blanc. Le cri des mouettes est devenu énorme, il m'emplit la bouche et les oreilles et quand je comprends que c'est de moi que sort ce cri, le type est debout près de moi, un petit sourire gêné à la bouche :

« Ça fait vingt ans que je n'ai pas entendu ça... »

L'année prochaine, on ira ailleurs, dit un soir mon père. Il nous a vus par la fenêtre de sa chambre, et je sais qu'il le fera. Alors, ce soir-là, je donne tout à Yvon.

Mon thé est froid, oui, je sais. Il faut que j'y aille. Je me demandais ce qu'il était devenu, Yvon. Maintenant, je sais. Il ne m'a pas baisée, il aurait pu. Il aurait pu tout me demander à Noël, il y a deux ans, mais il ne m'a demandé que mon nom. Godiva comment ?

J'ai renfilé ma culotte, les jambes flageolantes. Vingt ans qu'on ne m'avait pas caressée comme cela. Je lui ai dit la vérité : Godiva Rousseau. Et je me suis sauvée dans l'escalier avant qu'il ne réagisse.

Bon, allez. On se voit demain ? Oui, c'est incroyable, cette histoire mais tu n'es pas obligée de la croire. Le Père Noël du Printemps, c'était mon amour de vacances, mon petit Breton vicelard. Depuis vingt ans, il épluche son album de souvenirs sur la peau des filles, et il doit murmurer mon nom, Annie, Annie, Annie entre deux cris de mouettes. Crriiiish, criisssh, oui. Scchouff scchouff. Allez, je file, ma cocotte.

STÉPHAN LÉVY KUENTZ

Le cadeau

Gwen approcha une allumette de la bougie torsadée posée sur la table puis, constatant que la flamme avait bien pris, remit ses cheveux en ordre d'un coup de tête vers l'arrière.

Dorian de Burgh, son feu mari, avait quitté la route il y a moins d'un an le long d'une falaise de la côte fleurie, léguant à la jeune femme une petite gentilhommière qu'elle ne se résolvait pas à quitter. Dans le village situé à une dizaine de jets de pierre, en contrebas d'un enclos dissuadant les curieux, le bruit courait qu'elle avait un amant. Depuis l'automne, sa vie affective semblait avoir trouvé un nouveau souffle. Deux fois par semaine en effet, on pouvait apercevoir une voiture rouge stationnée devant le portail jusqu'au lendemain matin.

Elle vivait maintenant seule avec Silvère, homme à tout faire des de Burgh depuis plusieurs années et qu'elle n'avait pas encore eu le courage de remercier. Entre deux âges, la stature souple et charpentée, Silvère aurait pu passer pour un homme séduisant. C'était sans compter sur une timidité maladive qu'il cachait derrière un zèle stylé. Personnage énigmatique, il semblait presque ne pas avoir de vie sexuelle. Une fois par mois cependant, dans un pacte implicite entre lui et la maîtresse de maison, il lui arrivait de partir en ville sans donner d'explication et de ne revenir, le visage défait, que le lendemain midi. Gwen se doutait bien qu'il n'était jamais loin de la désirer. Elle en jouait parfois, le matin au sortir de sa salle de bains ou encore en taillant les rosiers du perron. Une façon de vérifier ses armes. Pourtant, tous deux pris dans les rouages du manège hiérarchique faisaient en sorte d'ignorer ce petit jeu. Une connivence silencieuse semblait leur suffire.

Ce vendredi de Noël, il avait neigé toute la journée et, dès l'heure de l'angélus, la région en était blanchie jusqu'au bord de mer. Gwen jeta un œil par la fenêtre pour guetter dans la nuit tombante les phares d'un véhicule.

Dans la pièce haute sous plafond, à côté de la table dressée trônait un grand sapin décoré de boules colorées, de guirlandes hirsutes, de clochettes factices et d'accessoires divers imposés par la coutume. Depuis l'enfance, Noël avait toujours été pour Gwen une période émoustillante : le décorum, l'attente des cadeaux et surtout le mystère de l'homme en rouge que, malgré plusieurs nuits blanches ratées avec sa sœur, elle n'avait jamais réussi à prendre la main dans le sac.

Une dernière fois tout vérifié, Gwen donna à Silvère son congé jusqu'au lendemain. Silvère logeait dans un pavillon au fond du petit parc. Depuis la disparition de monsieur Dorian, il avait tenu à ne pas changer ses habitudes. Étranger aux fêtes religieuses et pas fâché de se coucher tôt, il se contenta – un volume d'Oscar Wilde sous le bras – de prendre congé d'un ironique :

— Je souhaite à madame un joyeux Noël !

— Merci, Silvère, bonne nuit, vous aussi.

Enfin seule. Le vent tourbillonnant la rendait électrique. Gwen semblait préoccupée : le dîner pour deux préparé par Silvère était fin prêt mais il lui semblait toujours qu'un oubli quelconque lui sauterait au dernier moment à l'esprit. Elle se servit un bourbon puis, enfoncée dans les coussins du canapé, attrapa la bouteille et s'en servit un second. D'une main précise, dans un claquement intime, elle s'employa à remettre l'élastique de son slip mal engagé dans le pli de l'aine. Ce désordre réparé, elle s'immobilisa les yeux dans le vide. L'ivresse commençait à monter et l'excitation avec. Viendrait-il ? Avait-il reçu sa lettre ? Dix minutes passèrent.

Gwen crut entendre le gravier crisser. Elle se leva d'un bond pour à nouveau jeter un œil par la fenêtre. Personne. Elle s'apprêtait à tirer les rideaux sur la journée écoulée quand elle poussa un cri d'effroi. Écrasé contre le carreau, un visage l'observait, un visage qu'elle n'eut pas le temps de distinguer mais dont le regard brillant laissait peu de doutes sur ses intentions. Gwen prit conscience que la porte d'entrée n'était pas verrouillée et se précipita aussitôt dans le hall pour le faire. Dans sa course, elle trébucha sur le tapis. À nouveau debout, la porte atteinte, elle tira sèchement les trois loquets. Sans avoir le temps de crier, elle sentit une main large et caleuse lui écraser la bouche, une force brutale la diriger avec autorité par le bras dans le grand salon. Au milieu de la pièce, l'intrus relâcha son étreinte. Lorsque Gwen aperçut l'habit de velours carmin bordé d'hermine avec dedans un géant barbu de blanc qui lui était étranger, elle perdit lourdement connaissance sur le tapis central.

Noir.

— Je pensais vous faire plaisir avec cette petite visite, et voilà que je vous effraie ! lui susurra l'homme à l'oreille au moment où elle reprenait ses esprits.

Sa première vision fut celle d'un plafond aux poutres apparentes.

C'est en voulant se redresser que Gwen prit conscience que son corps était immobilisé sur la table basse, ses poignets et ses mains solidement ficelés avec des guirlandes argentées.

— Qui êtes-vous ? questionna-t-elle, comment êtes-vous entré ?

La voix grave, sensuelle, presque apaisante, lui répondit :

— Je suis désolé de vous avoir ainsi immobilisée. Vous ne me reconnaissez pas ? Vous voyez, finalement nous nous rencontrons. Entrer chez les gens sans effraction, c'est mon métier ! Vous croyez toujours au Père Noël, j'espère ?

— Détachez-moi ! On n'est pas au carnaval ! Vous savez, j'attends quelqu'un d'une minute à l'autre, alors qui que vous soyez, je vous conseille de déguerpir. Ça pourrait aller mal pour vous !

L'homme se mit à rire aux éclats.

— N'ayez pas peur ! Nous nous connaissons depuis si longtemps. Des années que je vous couvre d'objets. En trente-cinq ans, jamais vous ne m'avez demandé un VRAI cadeau. C'est vrai, c'est vexant à la longue ! Que des bêtises narcissiques ou des gadgets dont vous n'aviez pas toujours besoin. Dites-moi, vous a-t-on déjà fait un cadeau qui vous concerne vraiment ? Je veux dire... qui vous engage intimement !

Gwen commençait à prendre peur et l'intrus, lisant à même son visage, en eut aussitôt conscience.

— On ne fait pas de cadeau contre le gré de quelqu'un. Et que savez-vous de ce qui me concerne ? Détachez-moi !

L'homme sourit avec perversité puis, profitant de son avantage, se dirigea vers un seau de métal duquel il extirpa la bouteille de champagne.

— Quelle charmante table pour un réveillon d'amoureux ! Je vois qu'on ne se refuse rien ! Je peux goûter ?

Sans répondre, Gwen détourna la tête du côté de la verrière.

— Dans ce cas...

Faisant mine d'avoir obtenu sa réponse, le Père Noël fit sauter le bouchon d'un geste sobre.

Gwen portait une robe courte qui laissait entrevoir le très léger relief de son bas-ventre. Quand l'homme revint se pencher au-dessus d'elle, sa respiration s'accéléra. Dans un mélange d'agacement et d'excitation, les veines de son cou se tendirent, creusant ses clavicules en salières.

— Ça suffit maintenant, le Père Noël n'existe pas, alors détachez-moi s'il vous plaît et arrêtez votre cirque !

Un silence glaçant pour toute réponse, Gwen prit définitivement conscience que l'homme ne rigolait pas. Elle avait trop lu de faits divers pour ne pas prendre au sérieux les déviances pathologiques. Un maniaque, elle était à la merci d'un maniaque ! Il allait la violer, la tuer, la faire disparaître. Tapi dans l'ombre, il guetterait son invité pour lui broyer le crâne avec un chandelier. Ce serait le pauvre Silvère qui, vers sept heures, retrouverait son corps dénudé. Choqué et balbutiant, elle le voyait déjà avertir la gendarmerie de ce téléphone anthracite posé à moins d'un mètre d'elle. Tout était écrit, elle avait perdu. Son destin était d'être sacrifiée à la misère sexuelle du monde. Sa sœur avait pourtant bien insisté pour la faire venir à Paris afin de passer le réveillon avec quelques amis délaissés. Pourquoi n'avait-elle pas accepté ? Pour cet amant de passage, ce pied-tendre qui ne lui donnait jamais aucun plaisir ? Quelle idiote ! Dire qu'elle-même avait insisté pour organiser cette petite soirée ! Dans une plongée à la Orson Welles, Gwen aperçut alors le tableau final de sa vie : le jardin couvert de neige, la voiture des inspecteurs, le drap blanc se refermant sur la dernière image de son corps rigide et Silvère sanglotant relatant les faits à chaque nouvel arrivant. Non, elle devait se reprendre, peut-être qu'elle se trompait.

— Alors comme ça je ne vous fais plus aucun effet ? Quelle ingratitude ! Vous ne m'aimez plus comme avant ?

— Non ! Emportez ce que vous voulez et allez-vous-en ! Vous avez faim ? Il y a de la dinde farcie dans le four !

Le visage de son interlocuteur se décomposa.

— Vous me blessez...

— Ne me faites pas de mal, s'il vous plaît ! rétorqua-t-elle dans une amorce de sanglot.

Sans un mot, après un temps de réflexion que Gwen ne put voir, l'homme en rouge versa un léger filet de champagne glacé sur son visage. Elle sursauta.

— Je ne comprends pas, vous êtes bien Gwen de Burgh, 9, allée des Falaises, Nicheville, Calvados ? J'ai dû me tromper d'adresse !

— Je me fous de votre cadeau ! lança-t-elle d'une voix blanche mais résolue.

— Voyez-vous, Gwen – je peux vous appeler Gwen ? – c'est ma dernière tournée, ma dernière nuit, et j'ai décidé de la passer avec vous ! Demain matin, je prendrai ma retraite. Alors, soyez gentille, ne jouez pas avec mes nerfs, s'il vous plaît !

À son ton, Gwen sembla se raisonner. L'homme avait un grain.

L'intrus passa calmement le revers de l'index sur les lèvres de sa captive. À sa grande surprise, de moins en moins farouche, elle accompagna même un temps de la joue le mouvement de cette main qui la taquinait. Puis elle détourna la tête d'un geste sec.

— Vous êtes un déséquilibré en cavale ! C'est ça ? De quel asile vous êtes-vous échappé ? Caen ? Le Havre ? Plus loin ? Évreux ? Paris, peut-être ?

— Calmez-vous, voyons, je suis loin d'être fou ! Je suis le Père Noël, le vrai Père Noël, ricana-t-il, sûr de lui en se servant une coupe.

— Vous êtes un mythomane pervers ! hurla-t-elle.

Le Père Noël fit d'abord mine de ne pas entendre, puis comme agacé, son visage se ferma à nouveau.

— Moins fort, vous allez réveiller tout le monde ! Vous dépassez les bornes. Vraiment, vous n'êtes pas coopérative ! Tant pis pour vous...

Il saisit l'une des deux petites bûches individuelles posées sur la desserte, prit soin d'extraire de la crème au beurre la petite hache de plastique vert et la suça délicatement. Puis, s'aidant de son autre main, il introduisit la friandise crémeuse dans la bouche de Gwen qu'il bâillonna d'un foulard de soie.

— Vous allez m'écouter, maintenant !

En disant cela, l'homme passa sa main sur l'intérieur de sa cuisse ouverte, déclenchant en elle un spasme réflexe.

— Quelle nervosité, petite madame ! Vous semblez pleine de fantaisie et vous voilà sur la défensive ! Les plus belles surprises ne sont-elles pas celles qui nous... surprennent ? Vous ne voulez pas de mon cadeau ? Oh ! bien sûr votre discours est bien rodé ! Vos raisons sont bonnes. Il y a des raisons pour toutes les chapelles, ça je ne le nie pas ! Vous me semblez tellement prévisible ! Tenez, ce prince charmant que vous attendez, je suis sûr que vous vous apprêtiez à lui offrir une cravate ! Non ? Répondez !

Après un temps de réflexion, Gwen acquiesça de la tête.

— Ah ! j'en étais sûr ! fit-il dans un effet de manches. Il se mit à tourner autour de la table en déambulant de façon théâtrale.

— Et ensuite, après le coup du canapé, du baiser, de la jambe, du malaxage-sein-et-puis-des-boutons-vite-vite-du-chemisier-et-puis-vite-vite-la-jupe-et-main-dans-la-culotte-puis-la-braguette-les-lacets-merde !-double-nœud-du-monsieur-qui-résistent-ha-mais !-chaussure-qui-tombe-sur-le-sol-voisin-du-dessous-enfin-c'est-gagné-culbute-bestiale-et-râââ-sans-grâce-épilogue-tu m'aimes ? Parle-moi !-tu dors ? ronfle-ronfle.

L'homme chercha son souffle. Gwen entendit ses poumons siffler, puis le son d'un aérosol manipulé avec précipitation. Comme poussé par une tâche à terminer, il reprit de plus belle :

— Excusez-moi de forcer le trait, mais ne me dites pas que vous vous apprêtiez à lui servir cette vieille soupe minute qui plombe l'envol de votre imaginaire mazouté ? N'avez-vous jamais lu de poésie, jamais osé l'art abstrait, jamais conçu le geste de repousser ce plat unique qu'on vous a servi au réfectoire ? Tous ces artistes qui travaillent pour vous depuis des siècles, ils ne servent à rien, alors ! L'avidité animale, la boulimie charnelle, le brouillon chorégraphique... Ha ! Quel manque de recul ! Ne vous êtes-vous jamais aventurée nue dans les garrigues de votre immense royaume ? N'avez-vous jamais tenté de vous pencher pour y ramasser quelque aromate délicat et inconnu ? Le mystère, le trouble, la lenteur, l'ambiguïté, ça ne vous dit rien, bien sûr ! Vous n'êtes ni Blanche-Neige, ni La Belle au bois dormant — des emmerdeuses puritaines, des ménagères suisses-américaines, des dames patronnesses avant l'âge, des non-fumeuses ! — vous ne le serez jamais. Il faudra vous y résoudre, vous n'êtes plus une petite fille. Vous n'aimiez pas jouer, enfant ? Pourquoi vous êtes-vous interrompue ? Mon petit papillon, il va falloir aérer votre chrysalide !

Le Père Noël semblait comme enragé, emporté par sa diatribe. Il se calma, un peu gêné, puis, d'un bref coup de poignet, lâcha avec raideur et dignité une nouvelle rasade de champagne sur le ventre et la poitrine de la malheureuse qui, comme outrée par la fraîcheur du liquide, laissait transparaître deux tétons durcis comme des dés à coudre. Après avoir jaugé avec satisfaction les deux seins maculés de liquide, son regard glissa avec naturel sur le reste du corps écartelé. Comme une seconde peau, l'humidité laissait apparaître sur le tissu de fins reliefs musculaires. Dans les creux, au contraire, l'effet de la soie claire faisait comme du papier calque. Seuls les fuseaux de ses jambes restaient à l'air libre jusqu'à mi-cuisse.

— Vous savez, j'ai souvent rêvé de vous. Ces dernières années je suis même venu vous regarder dormir. Mais parfois vous me rappelez tellement ma femme ! Je n'ai jamais pu poser une main sur sa cuisse sans qu'elle me l'enlève d'un geste réprobateur en me traitant de dégoûtant. Vous vous rendez compte, de dégoûtant ! Portée disparue l'année dernière : hop ! Tombée du traîneau une nuit de grand vent. Oui, envolée sans un cri, au-dessus de la mer immense, quelque part entre le Groenland et le Canada... Et seul, moi, je ne peux plus faire ma tournée...

Sans l'interrompre, en bonne élève, d'un air aussi compatissant que possible, Gwen acquiescait hypocritement de la tête. Par stratégie, pour espérer le voir repartir au plus vite, elle semblait maintenant résignée à l'écouter jusqu'au bout. Méditatif, l'homme posa une fesse sur l'angle de la table, roulant délicatement le mamelon gauche entre le pouce et le majeur. Puis il répéta symétriquement l'opération, passant plusieurs fois de l'un à l'autre jusqu'à ce que les deux monticules dardent à égalité. Satisfait de son auscultation, il se redressa d'un air docte.

— Vous voyez, vous commencez à être raisonnable.

Il consulta sa montre, se leva pour regarder dehors.

— Eh, presque neuf heures et il neige toujours ! Votre invité semble avoir changé d'avis. Dévoré par les écureuils carnivores ? !

Le regard dans le vague, il rêva un instant sur cette idée.

— Bon, en attendant, on va enlever tout ça, je ne voudrais pas que vous preniez froid !

Le Père Noël alla se poster aux pieds de la table et ne bougea plus. C'était sûr, il était agenouillé et regardait sous sa jupe. Dans sa bouche, Gwen sentait la bûche au moka fondre sérieusement.

Que faisait-elle ainsi, exposée dans cette posture blessante pour sa dignité de jeune femme de bonne famille ? Elle sentit soudain sa jupe se relever imperceptiblement : jusqu'en haut des cuisses, jusqu'au nombril, complètement enfin jusqu'aux aisselles. Puis, dans le mouvement, ce furent deux doigts délicats qui baissèrent lentement son slip, laissant apparaître à demi une toison d'un blond cendré. Elle sentit pour finir un coup sec et autoritaire la dénuder tout à fait. Comme pour taquiner les limites de Gwen, le Père Noël souffla sur la toison bouclée, et un frisson animal la traversa contre son gré. Afin de contrer cette humiliation insupportable pour elle, Gwen tenta de fermer les jambes mais les guirlandes coupantes l'en dissuadèrent. Criblé d'une voie lactée de grains de beauté, son ventre blanc palpitait de honte à l'idée de sentir son sexe ainsi détaillé par l'inconnu. Une voiture passa sur la route en contrebas. L'un et l'autre tendirent l'oreille vers ce moteur qui, après avoir ralenti dans la montée, finit par s'éloigner.

— Vous êtes très jolie ! De quoi avez-vous honte ? De mon regard ? Que savez-vous de mon regard ? Que savez-vous du regard du monde ? Le monde n'a pas de regard, il n'a que des réticences, des amendements ! Il ne sera adulte que lorsqu'il se décidera à appeler un chat un chat ! Vous savez, c'est par l'ombre qu'on retrouve la position du soleil et... Oh, quel joli nombril vous avez, vraiment !

Il réfléchit tout en se grattant la barbe.

— J'espère qu'il ne vous encombre pas trop ? C'est un troisième œil qui ne sert à rien ! Allez, on ferme !

Dans l'instant, Gwen sentit une sorte de brûlure au creux de son ventre. La morsure s'estompa dès la surprise passée. La jeune femme comprit qu'afin d'obturer le petit cratère, l'homme qui se disait tombé du ciel y coulait de la cire fondue. Le niveau atteint, il y trempa sa chevalière en guise de scellés.

— Voilà, nous sommes entre nous maintenant ! conclut-il en sortant de son champ de vision.

Atterrée par ce délirium, Gwen attendit longtemps dans le silence, ne sachant ce qu'il préparait. Elle l'entendit d'abord se resservir du champagne, puis se promener dans la maison, tel un cambrioleur averti évaluant l'inventaire.

Gwen sentit deux mains caleuses faire pression sur la face interne de ses cuisses, comme pour s'assurer une immobilité totale. En touches progressives, la bouche de l'homme se posa plusieurs fois avec légèreté sur la partie la plus vulnérable de son corps. Elle reconnut la chatouille nuageuse de sa barbe lui effleurer les aines. En quoi, la bouche d'un barbu était-elle objectivement moins obscène que le sexe d'une femme ? La réalité n'est-elle pas finalement question de discours ? pensa-t-elle. Puis ce fut comme un petit reptile inquisiteur. Jouant avec souplesse de son bassin pour s'y dérober, Gwen fit une série de bonds outragés, le poids tiède de ses fesses claquant avec bruit à chaque vaine retombée sur le marbre froid. Mais l'homme tenait bon sur la vague. Quoi qu'elle fasse — elle s'en doutait —, la bouche poursuivrait imperturbablement l'impudique besogne. Partagée entre la culpabilité de gâcher son plaisir par retenue et la rage de livrer à cet homme — et dans la contrainte — le meilleur d'elle-même, la pensée de Gwen ne cessait de chercher l'issue improbable.

Les minutes passèrent. À force de gesticuler, l'une des boules du sapin accrochées à ses oreilles tomba et se brisa. Dans ce combat à huis clos, désordonné et silencieux, la fouille inéluctable s'installait toujours plus loin en elle. Gwen fit longtemps des pieds et des mains pour retenir la preuve évidente de son désir et retarder sa jouissance. Vaincue, il ne lui restait plus qu'à se donner sans pudeur, lui faire don de ce qu'il voulait d'elle. Finalement, ce n'était pas si désagréable. Il savait y faire, le bandit ! Elle contorsionna sa nuque pour l'observer un instant : ses yeux étaient fermés, ses sourcils ébouriffés, ses joues rouges comme les fesses du diable. Elle pouvait voir ses mains étrangler sa taille claire et tendre. Elle eut même le temps de remarquer que son bonnet commençait à glisser sur le côté, ce qui donnait un aspect grotesque à la scène. De l'entrebâillement de son costume en velours rouge, un sexe énorme allait-il maintenant surgir, un braquemart d'âne, un gourdin luisant, surmonté d'un gland violacé, gonflé comme une quetsche ? Un sexe de faune, un sexe mythologique ? Elle n'eut pas le temps de gamberger davantage, et sentit le membre redouté se glisser lentement en elle.

Peu après, dans un long cri rauque étouffé par le bâillon maculé de sucre, mimant la douleur à travers une série d'interminables saccades, Gwen éclata de plaisir dans un hurlement inhumain. Le dernier spasme consommé, frémissant au moindre contact de traîne, elle resta figée dans le sel de son refus, comme criblée par une salve de flèches invisibles tirées du ciel. Dans un brouillard de ouate, Gwen sentit qu'on la détachait avec douceur et qu'une main passait dans ses cheveux.

— Tu es belle, ma chérie !

Le lendemain matin, Gwen fut réveillée par le jour, les rideaux de sa chambre n'étant pas tirés. Surprise d'être seule dans son lit, sa première réaction fut de saisir le téléphone et de composer un numéro de portable. Sachant que Silvère écoutait aux portes, elle prit la précaution de parler à voix basse.

— Allô ? Où es-tu ? Tu m'as bien eue ! Je ne m'y

attendais vraiment pas ! Enfin, bien vu pour le cadeau, tu t'es surpassé !

— Ah, Gwen, j'allais justement t'appeler !

— On avait dit « féerique », tu y as été un peu fort mais je ne regrette pas ! Je t'ai cherché dans toute la maison, jusque dans la cuisine. Tu aurais pu rester dormir, espèce de pirate ! Et en plus, j'ai vu que tu t'étais tapé toute la dinde !

— Mais de quoi parles-tu, enfin, Gwen ? J'ai été bloqué toute la nuit par la tempête. Impossible de t'appeler. La voiture est dans un fossé, juste à la sortie de Plaisir et...

Tout en le laissant finir sa phrase, elle tourna distraitement la tête du côté de la fenêtre. Au beau milieu du jardin enneigé en contrebas, il y avait, oui, comme la trace d'un traîneau.

Gwen raccrocha le combiné, lentement, les yeux dans le vide, un sourire imperceptible au coin des lèvres.

Frederika Fenollabbate

Animalcules

Je n'étais jamais allée en Europe. Pour mes dix-huit ans, mes parents m'offrirent mon premier grand voyage et j'avais décidé de partir pour les vacances de Noël. Depuis toujours, je rêvais des Cornouailles. Mon oncle Loup y vivait depuis vingt ans, depuis que mes parents, eux, s'étaient installés à Sydney. Je n'avais vu cet oncle qu'en photographies, des clichés anciens le montrant avec papa du temps de leur enfance. Mon géniteur s'intéressait aux activités professionnelles de Loup et parfois il lui arrivait d'en parler à la maison. Nous savions qu'il avait un fils, Joy, de la même génération que moi, qui vivait à Paris avec sa mère. Lorsque, juste avant de souffler mes bougies d'anniversaire, il me fut demandé quelle destination lointaine je choisirais pour mon cadeau, ce mot fusa de moi : Cornouailles. « Parfait, conclut mon père. Tu iras au manoir de Loup. » Le manoir de Loup : *Harmonia Mundi,* White Road, Land's End. Désireuse de déranger le moins possible mon oncle, et souhaitant surtout vivre les nouveautés par moi-même, j'avais refusé que Loup vînt me chercher à l'aéroport. « Je louerai une voiture et je me débrouillerai », lui avais-je dit au téléphone lorsque avec mon père nous l'avions appelé de Sydney. Ce fut ainsi d'ailleurs que j'avais entendu pour la première fois sa voix sensuelle et grave.

La vision de la lande, sous la pluie, dans ma rutilante auto de location, fut ma première sensation merveilleuse en terre des Cornouailles. Une carte d'état-major était dépliée sur le siège avant, à mon côté, pour faire joli en quelque sorte. Moi, bien sûr, je n'avais pas besoin de la consulter. Sur la route sillonnant la côte déchiquetée de Land's End, sans autre mention que celle de l'adresse, sans plan et n'étant jamais venue ici, je m'orientais parfaitement. Est-ce que mon oncle allait détecter mes *particularités,* celles que je parvenais si bien à cacher à tout le monde ? En fait, que l'on découvrît ma nature secrète devenait de plus en plus l'obsession de ma vie. Mais Loup, me dis-je enfin, est un esprit scientifique. Par définition il ne peut pas adhérer à mon univers, même s'il le voyait se déployer sous ses yeux. Non, décidément, je n'avais pas à m'inquiéter. Rassérénée, je lâchai le volant d'une main et celle-ci se faufila sous ma jupe. Je ne portais ni culotte ni collants mais de longues chausses de laine montant très haut. Les poils de mon sexe étaient déjà tout mouillés et vite ma main pénétra plus avant dans mon vagin brûlant qui redoubla d'humidité. J'adorais, j'adore toujours, discerner sous mes doigts la chair qui vibre, toute lovée en elle-même. Je me caressais également les bords un peu enflés de la vulve qui, sous les cahots de la route, venaient s'offrir comme d'eux-mêmes au-devant de mes doigts. Et je devins plus active, plus profonde et ma main, celle tenant le volant, se crispa quelques instants. Je braquai vigoureusement sur la droite, stoppant net la montée de l'orgasme, empruntant le petit chemin qui s'enfonçait un peu à l'intérieur des terres pour rejoindre là-bas, tout au fond, le manoir de Loup.

Il n'était que quinze heures et la nuit tombait déjà sur la mer et sur la lande en ce 23 décembre. J'entr'aperçus la petite bâtisse carrée mais aucune lumière ne brillait à ses fenêtres. Avant de quitter la voiture, je fis un brin de toilette. Puis je courus carillonner à la porte... et j'attendis longtemps. Mais par-delà les murs épais de la demeure, je saisissais qu'un être aux dispositions étranges était en train, tout en m'épiant, de mettre à l'épreuve ma patience. Je m'immobilisai. Enfin, la porte s'ouvrit. Le corps apparut : massif, vigoureux, surmonté d'une chevelure hirsute et d'un visage aux yeux scrutateurs, abyssaux, vibrant toutefois d'une lueur d'amusement. Il était tel que je l'avais dessiné à Sydney dans ma tête juste avant de prendre l'avion. J'avais beau connaître mes dons, je ne pus m'empêcher de sursauter. « Rozenn, murmura-t-il d'une profonde voix grave. Bienvenue à *Harmonia Mundi.* » Et devant moi il s'inclina avec grâce.

Dès que j'eus fini de m'installer dans une chambre bleue et blanche, je rejoignis mon oncle dans le salon où m'attendait une collation. Je m'assis sur le sofa en face d'une belle cheminée qui crépitait. Il se tenait debout, près du feu, une tasse de café à la main. Il ne me quittait pas des yeux. On ne m'avait jamais regardée de cette façon-là, si précise mais en même temps si sereine, comme détachée. Il inspectait mon visage comme s'il essayait de lire dans mes pensées, et je n'aimais pas du tout cela ! D'habitude, c'était à moi de le faire... Son teint était sain, un peu rude, comme s'il passait son temps au grand air et non pas entre les quatre murs d'un laboratoire. Il restait silencieux et continuait à m'observer ; ne me demandant même pas des nouvelles de mon père. « Joy arrive demain, dit-il enfin. Pour demain soir, la veillée de Noël, Prue, ma gouvernante, va nous préparer un festin. J'ai invité quelques amis pour fêter ta venue. Tu es un peu mon cadeau de Noël. » Il se mordit la lèvre, regrettant d'avoir laissé parler son émotion. Et moi, je ne sais pas ce qui me prit, comme une sotte, je me mis à pleurer. J'avais envie de lui délivrer mon secret tellement étrange. Là-bas, très loin, dans mon Australie natale, mon père ne m'avait-il pas dit que Loup était un scientifique très pointu s'adonnant à cette nouvelle discipline appelée *complexité* ? Et où toutes les choses du monde, n'agissant pourtant chacune que pour elle seule, s'imbriquaient d'elles-mêmes les unes aux autres pour créer la vie. Loup pourrait peut-être comprendre, lui, ce que j'étais. Peut-être saurait-il me l'expliquer ? Mais j'avais en même temps si peur de lui dévoiler ma nature profonde ! Alors, il s'approcha de moi. Il prit mes mains dans les siennes et je me retrouvai debout, blottie contre lui, toute petite, presque perdue dans son grand corps. « Viens, je vais te montrer mon laboratoire », me dit-il à l'oreille. Séchant mes larmes, docile, je suivis Loup... Sur les moniteurs, on pouvait voir des cohortes d'animalcules ; fruits des recherches très poussées de Loup. Ils s'agitaient, tourbillonnaient, se pénétraient les uns les autres, se transformant sans cesse. C'était un microcosme qui s'autogénérait ! J'avais l'impression qu'il émettait une chaleur agréable et douce. J'ignorais alors que l'activité numérique s'était emballée du fait de ma présence. C'était la raison pour laquelle Loup maintenant m'observait avec une telle fascination. « Tu ne veux pas travailler un peu avec moi ? me demanda-t-il. J'inclurai les paramètres de ton individualité dans mes programmes de recherche. Et nous verrons ensuite ce qui se passera. » Je ne savais pas quoi lui répondre. Mais tout à coup ma bouche se plaqua sur sa bouche fine et voluptueuse ; nos langues se prirent ensemble, très profondément, et nos corps, se soudant l'un à l'autre, s'allongèrent sur le tapis. Quand notre baiser prit fin, Loup souleva ma jupe et s'inclina sur mon sexe. Il se mit à me lécher, pompant mon foutre avec avidité. Sa langue, rapide, insistante, s'infiltrait dans les moindres recoins. Je ne retenais pas mes cris un peu fous et je me pressais les seins à deux mains. Enfin, je jouis en rouvrant les yeux. Tout près, sur les écrans, les petits organismes tumultueux s'étaient mis à gesticuler dans tous les sens, crachant de nouveaux animalcules, plus fantastiques encore, qui me firent rire aux éclats. « Tu es mon plus beau cadeau de Noël, déclara Loup. Reste avec moi. Je te ferai participer à ma recherche.

— Je ne suis pas une scientifique, Loup, lui répondis-je en me redressant. Je suis... dangereuse, je suis... un peu particulière.

— Je m'en fous », répondit-il. Et, s'allongeant sur le dos, il me tira vers lui. Je dégrafai son pantalon et pris dans ma bouche la grosse verge. D'une main enserrant sa base, je la suçotai tout en la léchant. Loup se mit à râler de plaisir. Soudain il fit exploser son sperme que j'avalai aussitôt. Mais dès qu'il revint à lui, il se releva et me considéra d'un regard suppliant. « Je t'en prie, ne m'en veux pas, dit-il. Je ne sais pas ce qui m'est arrivé. C'est mon laboratoire ici, tu comprends; je n'y suis pas dans mon état normal. Oublions ce qui vient de se passer. Cela ne se reproduira plus. » *Loup, Loup, comment pourrais je jamais t'oublier?*

Dès que, le lendemain, Joy arriva de Paris pour fêter Noël avec nous, il sentit que quelque chose venait de se passer au manoir. Joy, en grandissant, avoisinerait sans doute le charme de son père. Mais pour l'heure il était encore un adolescent malhabile et indélicat. Après le déjeuner, il me proposa de faire une promenade avec lui sur la lande pendant que

Loup allait travailler quelques heures au laboratoire. Le ciel était d'un blanc pur, éclatant, un ciel de neige. Je portais un spencer et une jupe longue orange vif qui illuminaient mon visage aux cheveux noirs et aux yeux bruns avec des cils longs et recourbés. Je ne portais pas de culotte. Et Joy avait envie de moi. Mais il noyait son désir dans une logorrhée désordonnée destinée à le rendre brillant à mes yeux. Moi, je ne pensais qu'à Loup, Loup dont la chair là-bas, malgré sa promesse, m'appelait, s'adressait à moi en ligne directe, dans ce langage des sens qui était mien. Les paroles du fils ne parvenaient pas à assourdir la mélopée charnelle du père. Mais quand les premiers flocons de neige se mirent à tomber sur la mer verte qui était si belle, d'un simple regard, je fis taire le garçon. Nous nous arrêtâmes de marcher, contemplant la lande se remplir de blanc. Un silence incroyable s'installait avec la neige. Je n'entendais plus les organes de Loup, ni son sang bourdonnant, ni les spasmes de désir qui irradiaient sa verge. J'eus terriblement peur.

« Rozenn, qu'est-ce que tu as ? susurra Joy à mon oreille.

— Rentrons ! » répondis-je.

Je tournai les talons et m'élançai vers *Harmonia Mundi.* Joy me suivait péniblement, ahuri de me voir courir si vite. La neige, elle, commençait à s'installer sur le sol... Loup gisait, inanimé, sur le tapis du salon. Du sommet de sa tête ruisselait un petit filet de sang. Et je vis alors que Joy, à cette vision, bandait. Il s'allongea auprès de son père. Le spectacle de cet homme perdant son sang était si beau que j'avais du mal à m'en détacher. Même blessé, il continuait de briller de sa pleine autonomie de vie, mystérieuse, tellement *libre.* Et si Joy le désirait maintenant, de quel droit pouvais-je le juger ? « Je ne sais pas ce qui m'arrive, susurra Joy en me lançant un regard affolé.

Je n'ai jamais ressenti cela avant, je te le jure ! » Il n'avait pas à jurer car moi je savais bien qu'il disait la vérité. Puis le garçon, tout en caressant maladroitement les cheveux de son père, ouvrit sa propre braguette. Ses mains tremblaient et son front était moite. Je n'avais ni à l'aider ni à l'injurier. Je lui souris simplement. Enfin, sa main se referma sur sa verge d'adolescent et, caressant avec amour la chevelure abondante de son père, il se branla. Le suc juvénile monta au bout de quelques instants. Mon cousin venait juste de se rajuster quand Prue, la gouvernante, pénétra dans le salon. Elle se précipita vers Monsieur pendant que Joy criait qu'il allait appeler un docteur. Mais je lui déconseillai vivement de le faire, lui demandant plutôt d'avertir les invités que le réveillon de ce soir serait annulé. Je dis à Prue de rentrer chez elle et de ne s'occuper de rien. Tous les deux m'obéirent sans sourciller. La blessure de Loup continuait à suinter en un filet de sang, très mince mais continu. Je demandai ensuite à Joy de m'aider à transporter son père dans la chambre bleue et blanche qui m'était réservée. Dès que Loup fut installé sur le lit, je ne m'occupai plus de mon cousin. Qu'il fût présent ou non n'était pas mon affaire. Je regardai par la fenêtre. La neige tombait sur le fond du ciel qui s'obscurcissait. Je me mis à caresser d'abord les cheveux en bataille de Loup, Loup Damor'ey bien sûr ; il s'appelait comme moi. Mes seins se frottèrent contre lui quand mes lèvres entrouvertes se rivèrent aux bords de sa blessure. J'aspirai le sang goulûment... Je ne sais pas combien de temps je bus ainsi, combien de temps la plaie mit à se cautériser. Dès qu'elle se referma, Loup battit des paupières. Il avait froid, il tremblait. Je le serrai fort dans mes bras, la bouche encore pleine de son sang délicieux. Il fut pris de convulsions et criait mais par mon fluide je le maintenais contre moi. Je pense que nous restâmes ainsi un bon moment. Je me mis à chanter tout bas une chanson de mon invention rien que pour lui. Son corps cessa de s'agiter. Il se redressa et me regarda droit dans les yeux. Puis il se leva très lentement. Mais dès que je vis qu'il allait me quitter, mes bras se tendirent vers lui et je m'exclamai : « Reste ! » J'entendais le vent crier et la mer gronder. La mer, si proche, déchaînée, ne tarderait pas à déferler sur la chambre pour m'engloutir. Je devais à tout prix le retenir auprès de moi. J'ouvris les bras. Mes vêtements se dénouèrent. Je me retrouvai nue, couchée devant lui qui était debout à me scruter. Il n'avait pas eu de femmes depuis deux semaines, je le lisais sur son visage. J'entendis carillonner les cloches de la messe de minuit. Sa gorge se fit toute sèche et sa verge se tendit. « Rozenn, dit-il dans un murmure, Rozenn, calme-toi. Il ne faut pas...

— Quoi ? dis-je d'une voix un peu trop rauque. Il ne faut pas... quoi ? » répétai-je. Je ne pouvais ou ne voulais pas maîtriser plus longtemps mes pouvoirs. Me laissant emporter par leur violence, je demeurais allongée sur le lit sans bouger. Les bras de Loup restaient plaqués contre son corps. Tout à coup les boutons de nacre de sa chemise sautèrent tout seuls, faisant apparaître son torse, peu poilu, avec des muscles harmonieux et bien développés. Nous entendîmes les rafales de vent redoubler. Il me fixait d'un regard pénétrant, comme s'il avait envie de briser toutes mes défenses. Et je l'en sentais capable. Nous nous toisions, tous les deux immobiles, presque haletants. La fermeture de son pantalon glissa vers le bas avec un petit sifflement mat. Sa verge émergea tout à coup, de belles dimensions, le gland évasé en forme de champignon. Drainée de sang, elle m'envoyait au visage son effluve secret.

Il était nu devant moi, *pour moi.*

Je hissai alors la tête pour le savourer des yeux. Il ne vint pas me rejoindre sur la couche. Il s'assit à mon chevet, sur la chaude descente de lit. Le feu de cheminée dansait sur les parois de la chambre. Les volets se mirent à cogner mais Loup n'y prêtait pas attention. Sa main osseuse et épaisse se posa sur la rotondité de mon épaule. La pointe de mes seins se durcit à me faire mal. Sa caresse trop chaste me rendait folle d'impatience. Et s'il allait reculer ? Je ne bougeais pas. Enfin il plaqua les deux mains sur ma poitrine et je me mis alors à bouger. Ses mains, elles, s'immobilisèrent. C'était moi qui, caracolant de gauche à droite, me frottais les deux seins contre ses paumes brûlantes. Puis ses bras s'ouvrirent, m'agrippèrent par les épaules, m'arrêtant net. Debout maintenant, il me hissa jusqu'à lui. Je vins m'empaler sur le phallus. Des larmes d'une jouissance intégrale me mouillèrent les joues. Ses coups de reins faisaient jaillir dans mon corps des ondes électriques qui se propageaient partout. Et c'était véritablement comme si son organe poussait, grandissait au-dedans de moi. Oui, il occupait parfaitement l'étendue de mon tronc, mes membres, ma tête. Le phallus et moi nous avions la même taille ! Je criais, le souffle me manquait. J'étais la gaine vivante de son sexe démesuré. Et c'était bon... tellement bon que j'allais tout lui avouer... Mais l'orgasme qui nous saisit tous deux m'en empêcha. L'extase nous emplit soudain, secouant son grand corps dans des soubresauts convulsifs.

Nous reprenions souffle peu à peu. Au bout d'un certain temps, il se retira et je regardai la chambre. Joy n'était plus visible. Mais je trouvai au seuil de la pièce un chariot bien garni. Joy, notre complice et notre voyeur, ne nous avait pas oubliés : champagne, gambas, brocolis, fruits rouges, sirop d'érable, Christmas pudding piqueté de pépites de chocolat. Nous rîmes et entamâmes de bon cœur notre dîner. Loup semblait avoir complètement oublié son vœu de la veille de ne pas faire l'amour avec moi. Il paraissait comblé, insouciant. Une fois le festin achevé, il me tendit un cadeau enroulé dans un foulard soyeux bleu nuit fermé par un cordon d'argent. Je défis cet emballage ravissant, véritable cadeau en soi. J'ouvris la boîte en carton. Et apparut une chaussure, mais vraiment spéciale, le soulier de Noël le plus merveilleux, une poulaine, une seule, luxueuse, au bout vraiment très allongé. Je regardai Loup, très émue, incapable de parler. Ses yeux bruns me lançaient des éclairs malicieux. Je n'avais jusque-là confié mon secret à personne. J'étais dévorée par mon envie de me taire, besoin viscéral de survie et en même temps par le désir de me révéler entièrement à mon oncle. L'odeur de sa peau, de sa sueur, de nos foutres mêlés, m'enveloppait de son charme. Nous bandions de nouveau. Loup, les yeux clos, se coucha sur le lit. À califourchon sur lui, je pris son sexe en moi. Il se laissait faire, se laissait couler dans une immobilité hypnotique qui accentuait son magnétisme. Je commençai à bouger sur lui lentement. Il rouvrit soudain les yeux et je fus saisie par sa beauté. « Loup, je suis une sorcière », dis-je. Mais lui, tout au fond du plaisir, ne répondit pas. Ma vulve se mit à cogner plus fort contre son phallus. Je la faisais bouger sur lui dans tous les sens, de bas en haut, de gauche à droite, je tournais, cognais, ou, par moments, me l'enfonçais tout droit, en profondeur jusqu'à ce que l'homme entier, enfin, explosât dans mes chairs... Puis, je m'assis en tailleur sur le matelas, ma main saisissant la jolie poulaine qu'il venait de m'offrir. Je lui avais dit quelque chose qu'il n'avait pas entendu et maintenant que cela était sorti de moi, je devais le lui faire entendre. « Je suis une sorcière, dis-je tout bas.

— Et alors ? » rétorqua-t-il en souriant.

Je m'étais attendue à de la moquerie ou de la colère mais non pas qu'il prît la chose si légèrement. Les yeux rivés maintenant sur la poulaine, je crachai sur elle abondamment. « Qu'est-ce que tu fais ? s'exclama-t-il, éberlué. Elle ne te plaît pas ?

— Ce n'est pas cela, répondis-je calmement. Je veux... la rendre très visqueuse, oui, mais surtout... bien pénétrante. » Je vis son visage pâlir mais ce n'était certes pas de peur.

SERGE KOSTER

Noëlle, cadeau

Peu à peu la neige recouvrait, de part et d'autre de l'autoroute, le paysage enseveli de ténèbres, en cette nuit de la Nativité. Sous le ciel glacial l'auto filait à vive allure, en douceur, comme si, en une propulsion divine, je n'avais rien d'autre à faire qu'à poser les mains sur le volant, relié aux roues qui dévalaient l'asphalte vers le Berry, où Dominique avait sa maison d'enfance, dans le village de Nohant. Le lait nocturne coulait de la voûte floconneuse comme d'un immense sein sucé par des lèvres invisibles, nourrissant le rêve régressif de notre bouche d'adulte accrochée à la mamelle qu'elle tète à pleines goulées, avec la nostalgie de la matrice perdue — cet endroit bon, chaud, humide et protecteur qu'on a troqué pour l'enfer des fantasmes inassouvis.

À côté de moi s'empilaient les cadeaux de la fête, trop gros pour le coffre bourré de sacs et de valises. Ma conduite était si souple que rien ne bougeait. Sur la banquette arrière se taisaient, après les bouchons du périphérique qui les avaient mises en rage, les trois filles, la tribu des copines, la bande des jeunes femmes façon Marcel P., vaguement gouines quoique consommatrices effrénées d'étalons, célibataires pour une semaine de retraite, tout mâle banni des alentours, excepté moi, factotum de Dominique, naguère répétiteur lors de ses études de psychologie, aujourd'hui son homme de peine ou son homme de joie, c'est tout comme, chargé de pourvoir aux besoins élémentaires et de surveiller le domaine de l'alcôve, modèle eunuque oriental — sauf que. Eunuque ? Le gardien du lit des femmes, selon l'étymologie. Titre périlleux, péjoratif, palliatif, que j'assumerais d'autant plus volontiers que, conduisant comme en état d'apnée euphorisante, j'éprouvais avec une inattendue délectation l'insistance tumescente de mon membre à demi durci par les trépidations de l'engin lancé dans le ventre de la nuit, qui me donnait l'impression, à chaque poussée, chaque gonflement, de se préparer un accouchement énorme et mystérieux, d'où je naîtrais l'autre que j'avais toujours rêvé d'être, après cette erreur fatale sur mon identité. Mes géniteurs m'avaient certes reconnu et déclaré du sexe masculin. Mais s'agissait-il de moi, au plus profond de mon être ?

Avec une régularité maniaque qui tenait plus de l'attraction que de la sécurité routière à laquelle elle ne nuisait pas, je guettais dans le rétroviseur mes belles voyageuses, gentiment alanguies flanc à flanc, Dominique au milieu enlaçant Claude et Camille, futurs as de la chirurgie et de la gynécologie. Elles avaient enfoui leur museau et leurs cheveux bruns dans le cou de ma protégée auréolée de boucles blondes, comme une fée de ces légendes relues par la maîtresse de Nohant au siècle passé. Dominique gardait les yeux grands ouverts et je vis, dans le rectangle obscurément miroitant, qu'elle me regardait avec fixité, telle une qui cherche à vous fasciner. Loin de m'inquiéter, cette fascination fonctionnait sur le mode à la fois jubilatoire et anesthésiant d'une drogue douce. Entre son exercice de séduction et le ronronnement du moteur, je me sentais pris dans un réseau de signes auxquels la nuit de la Naissance conférait une cohérence encore indéchiffrable.

Il y eut un chahut dans mon dos, les filles s'ébrouèrent, une main frôla ma nuque, des phalanges coururent dans mes cheveux, des ongles griffèrent les lobes de mes oreilles, on prenait possession d'une partie de ma personne. Puis, dans un murmure comminatoire, Dominique : « Chauffeur, sans cesser de suivre la belle étoile qui guide de là-haut les Reines Mages que tu véhicules, il te faut t'occuper de nous, nous distraire un peu, nous faire jouir avec ta langue, puisque le reste est mobilisé ailleurs pour la circonstance. Vois-tu, nous désirons ardemment, oui, c'est le terme même, tant cela nous brûle dans la nuit d'hiver, ainsi qu'on dit dans les livres, nous désirons que tu fasses un vœu. Ce vœu ne doit rien avoir de futile ou de fortuit, sinon il t'en cuira, sache-le, mes amies ont apporté leurs trousses médicales, imagine les instruments. Ce qui nous intéresse de façon poignante, c'est que tu nous racontes l'origine, l'histoire de ce vœu. Alors, peut-être, s'il le mérite, ce vœu, nous franchirons la distance de l'âge et de la caste, nous fêterons la Nativité en l'exauçant. »

Était-ce le sentiment d'irréalité qui accompagnait notre condition voyageuse ? Était-ce la personnalité de la petite bande dont la féminité nimbait l'habitacle ? Était-ce enfin la direction, l'itinéraire, l'objectif à atteindre ? Nous nous dirigions vers cette région qu'on appelle depuis un siècle et demi la Vallée-Noire, avec en son centre la commune de Nohant, où avait vécu, écrit, était morte Amantine Aurore Lucile Dupin, baronne Dudevant, George Sand de son nom d'immortelle, amoureuse passionnée de quelques hommes et d'au moins une femme, cette actrice, Marie Dorval, George Sand qui avait scandalisé son époque en déguisant son anatomie et son identité d'un pseudonyme et de vêtements masculins, cependant que s'étiraient entre ses lèvres cette pipe qui suggérait ostensiblement les provocations d'une fellatrice expérimentée — elle que bientôt Isidore Ducasse, l'inventeur de Maldoror, « Tu as mal à ton aurore, mon petit ? »), surnommerait « l'Hermaphrodite-Circoncis » — formule chère à mon cœur, contre la lecture générale. Était-ce donc l'association de tous ces facteurs, réminiscences, troubles, saison, obscurité, mouvement d'apesanteur ? Je m'exécutai sur-le-champ, comme si l'histoire de ma vie aboutissait à cet accouchement d'un récit et d'un vœu jusque-là occulté, déçu, illicite.

« Hypertrichose ! Tel est le mot affreux, le sésame un peu monstrueux qui inaugure ma conscience sexuelle. Vous n'êtes pas sans connaître, mesdemoiselles, l'étymologie grecque de ce terme savant qui désigne l'excès de poils sur le corps humain. Mon drame commence avec la découverte d'un système pileux qui m'apparente à un hôte de la jungle, ours ou gorille, à votre choix. Je revois la doctoresse scolaire, femme corpulente, qui procédait à la visite médicale obligatoire alors dans les lycées. J'avais douze ans. Elle venait de palper mes testicules. Elle me fit asseoir à côté d'elle, passa la paume de sa main gauche sur mes cuisses, eut un curieux sourire, puis, comme on invente un trésor qu'on déterre tout d'un coup, elle dit et répéta ce vocable : "Hypertrichose", on aurait cru une maladie contagieuse contre laquelle elle était prémunie, malgré l'ombre de sa moustache, "ce garçon présente les signes manifestes d'hypertrichose. N'aie crainte, ça ne se soigne pas, mais ça ne fait pas mal". Oh, l'horrible diagnostic ! Comme je souffrais ! La rétraction de mes organes sous mon caleçon n'annonçait pas la joie d'une existence virile vouée à bourrer les natives de l'autre sexe. De surcroît, la vision de mes camarades nus sous la douche et s'amusant à s'asperger le pubis d'où pendait un prépuce lamentable me portait à considérer l'adolescence comme le plus hideux phénomène du développement masculin. Ce double motif de la prolifération velue et de l'appendice en berne s'augmenta plus tard d'un troisième élément répugnant pour mon psychisme : par la porte entrouverte d'une cabine de sex-shop j'avais entrevu l'image d'une jeune femme (contrainte pour sa subsistance de se plier à la pression de la marchandise, à la demande de la clientèle ?) engagée dans le processus d'accointances buccales avec un âne bandant comme un âne, image qui obstruerait plusieurs nuits d'affilée la porte de mon sommeil (petite nature !). Abomination de la désolation : dégrader cette classe heureuse dans son évolution, harmonieuse sous le rapport des formes, détentrice de pouvoirs et de trésors interdits à mes pareils masculins ! J'ai de beaux souvenirs tout de même : la traque pacifique des adolescentes : à l'aide d'un miroir de poche, nous étions quelques complices émerveillés qui nous ingéniions à épier sous la jupe des filles, comme dit le chanteur, la blancheur de la chair, l'incurvation des fesses, la miraculeuse lingerie qui enserrait ces prodiges de grâce, le comble du bonheur étant atteint quand le tissu, entrant dans la raie, dessinait un royaume au-delà de l'intime, mystérieux en dépit des reproductions du dictionnaire, aussi inaccessible que l'endroit d'où maman nous avait expulsés. Oh, mes chéries », dis-je dans un sanglot à vous ôter le souffle.

Oui, le souffle me manqua une nanoseconde, je dus suspendre mon récit, l'image renversée dans le miroir persistait si intensément dans ma mémoire qu'elle semblait impressionner derechef ma rétine éblouie. La voiture esquissa une embardée quand j'aperçus par le rétroviseur l'agitation de mes passagères qui enlevaient les manteaux, relevaient les robes, écartaient les jambes, s'affalaient sur la croupe de façon à présenter une part du secret dans l'intervalle des cuisses, réactivant de la sorte la scène des dessous et mon désir manipulé d'individu bafoué sur le choix de son sexe. « Ne vous excitez pas trop, chauffeur, nous voulons arriver à bon port, piaillèrent soudain les jumelles brunes en se réajustant, sinon nous aurons recours à la mouchette pour moucher la flamme de la bougie ! » « Et puis, renchérit Dominique, des trois furies la plus offerte et la plus prompte à le masquer, n'oublie pas, mon bon Noël, que cette nuit dont tu portes le nom est sacrée, c'est la nuit natale par excellence, il va naître, le divin enfant. Est-il décent de bander lorsque l'enfant paraît ? »

Nous roulâmes quelque temps enveloppés par les flocons qui, dans mon esprit, gaineraient le fuselage de l'engin automobile avec cette onctuosité fondante du vagin où s'enfonce le membre viril, pour employer un lexique qui n'offense pas la vertu requise par l'occurrence religieuse. « Con » ne manque pas de sobriété ; la chaleur de son accueil ne le cède en rien aux termes des planches d'anatomie ; mot choc. Mais bon, ne dérapons point. La nuit sera-t-elle auguste, nuptiale et solennelle ? Comme si elle devinait cette tourmente du vocabulaire sous mon crâne studieux, Dominique flatta mon encolure, avant de mettre sous mon nez son doigt imprégné de son odeur marine, venue du lieu où j'aspirais à me noyer, sans espoir, nul doute là-dessus. La brève griserie ne m'empêcha pas d'enfiler la bretelle d'autoroute en direction de Vierzon, Châteauroux et autres localités. À nouveau la voix des médecins de charme : « La suite, Noël, on attend la suite du conte, on est tout ouïe, ouille, on mouille. » La rime me monta aux lèvres, je la refoulai, déprimé qu'elles m'en eussent frustré, passant par leurs lèvres et imprégné de leur salive, le mot aurait perdu sa charge triviale pour revêtir un caractère aphrodisiaque. « Faut-il, mademoiselle, demandai-je à ma maîtresse, que je convoque à présent nos leçons si particulières qu'il est stupéfiant que vous ayez alors conservé votre virginité, innocente, immaculée comme au paradis de mes fantasmes ? » Dominique se redressa, se pencha vers le tableau de bord, effleura du bout des doigts ma braguette tendue par le dévergondage d'une relation purement langagière, qui me mettait aux anges, si on admet que l'enfer est peuplé de leur cohue caressante. « Noël, mon ami, mon meilleur ami, mon unique ami, je vous ordonne de poursuivre. Elles vous l'ont dit, Claude et Camille mouillent déjà de vous ouïr, bien davantage que si un quelconque bellâtre s'entêtait à les fourrer du cul jusqu'au gosier. N'est-ce pas toi qui me citais Beaumarchais écrivant à son amante, Mme de Godeville : "Tu ne sais faire l'amour que sur un lit. Il est quelquefois charmant sur une feuille de papier" ? Allez, va, viens, et ne te retiens. » Je levai le pied de l'accélérateur, tâtai le levier de vitesses, pris mon essor, ne sachant plus démêler la faute de la fête, m'engouffrant dans le o de mon nom, interprétant comme un signe du destin que le a initial de « natal » soit devenu cet anneau qui me liait à la faute, à la fête, à la férule affective de cette maîtresse, de cette Dame, Dominique mienne et lointaine à jamais. Toucher tous tes o, mon amour, là où ton corps encercle et fait anneau !

« Les leçons avaient lieu en fin d'après-midi, dans la chambre de la princesse, dont les parents voyageaient souvent à l'étranger. Libres de leur contrôle, nous avions notre code, qui joignait la licence (à tous les sens du mot) à la règle, le respect à la divagation.

Fantasmes, fantasmes, fantasmes. Comme née de personne, vous étiez, Dominique, la fée du royaume, en corsage et minijupe, pleine d'appétit et de zèle pour la réception du savoir, comme me dévorait la ferveur de vous faire réciter la nomenclature des pulsions qui animent notre inconscient, du plan superficiel de la peau jusqu'aux tréfonds de l'âme, si elle existe et se niche précisément là où la femme se fend de cette façon édénique qui est le seul salut de la créature condamnée à l'errance de son sexe, à la quête de l'autre être en soi. J'alléchais mon élève en attirant son attention sur les méandres sexuels de la psychologie d'artiste, et quelle artiste que notre George Sand ! Que de centres d'intérêt : son enfance champêtre, son initiation aux énigmes de la nature, sa conquête identitaire, son émancipation par la littérature, son lien avec Marie Dorval, son éveil, prétendu tardif (y avait-il un témoin dans l'alcôve ? un des amants a-t-il fait la confidence ?), à l'orgasme par le cœur et la queue de l'avocat Michel de Bourges, l'hospitalité de Nohant où séjournaient les grands créateurs de l'époque, les histoires rustiques du Berry, toute la guirlande des croyances, des maléfices et des superstitions. Pendant que nous dissertions, que faisiez-vous ? Vous échancriez votre corsage jusqu'à la pointe des seins, vous vous incliniez en arrière de façon à exposer votre slip arrondi sur le monticule ravissant qui orne la motte, le contraire même de la touffe hirsute que les hommes arborent prétentieusement au-dessus de leur infecte tige flaccide ou turgescente — même laideur quelle que soit la position. Parfois, l'index ou le majeur s'insinuait sous le tissu, puis, comme tout à l'heure, se donnait à humer en ses effluves qu'accompagnaient des plaintes tuantes. Oh, tuez-moi, m'écriais-je intérieurement, barricadé dans le code des interdits : interdit de prendre une initiative, interdit de toucher, interdit de manifester mon excitation en me branlant, interdit de mentionner mon inqualifiable désir — toutes digues où se cogner la tête, hurler d'enchantement et de désespoir, se damner, mourir insatisfait et pourtant content sous le regard de l'adorée. Pitié, je n'en peux plus. »

La remémoration de ces moments magiques exempts de pollution faisait surgir dans mon champ de vision nocturne les fées et les sorcières du temps jadis. Elles puisaient dans les livres de madame Sand et dans les mares et les bosquets des pouvoirs supérieurs à ceux de la chirurgie. Les habitait la puissance de modifier la nature de l'individu divisé entre sa fabrication sexuelle et ses penchants psychiques. De moi, pauvre Noël, le plus malheureux des bipèdes érotiques, n'avaient-elles pas mission de faire une personne différente, en cette nuit natale où cheminait mon souhait secret de renaître autre, par la main, sous le regard, dans le désir de mon trio, de ma trinité de farfadettes ? À peine me risquais-je à ce vœu inouï que des rires aigus et des exclamations espiègles m'enjoignirent de m'arrêter sur la prochaine aire. Elle était déserte, à cette heure, en cette circonstance. Dédaignant les toilettes, mes donzelles s'accroupirent derrière un taillis, au-dessus de l'herbe blanchie. Je brandis ma lampe-torche et la braquai sur elles. Malgré le ciel gelé, elles se retroussèrent, écartant le string ou la culotte, et je vis jaillir à mes pieds, dans le cercle lumineux, projetée par trois vulves mignonnes, une urine fumante que seules avant elles, sans doute, prodiguèrent aux satyres réunis ces nymphes forestières qu'on appelle dryades. Sous forme de flash me revint la mémoire d'une visite effectuée l'année précédente dans un château de la région en compagnie de Dominique : parmi les objets divers qui encombraient une des salles figurait un presse-fruits dont, commenta l'adolescente qui nous servait de guide, « le jus s'écoulait par la fente ». J'aurais voulu ma face inondée. Je goûtais la scène « uro » comme les prémices du cadeau de Noël que la nuit de la Nativité ne manquerait pas de m'accorder, à l'issue du périple en si inventive escorte.

Toute scène sexuelle réussie est, pour chacun d'entre nous, un morceau d'anthologie. La jouissance s'accroît de la complicité d'un tiers, à plus forte raison du tiercé gagnant par moi transporté. Je fredonnais une comptine, le refrain en était équivoque, j'avais peut-être l'esprit mal tourné, mais selon Freud l'enfant est un pervers polymorphe, l'enfant persistait donc très obstinément en moi : « Par-devant, par-derrière », c'était le refrain de la comptine, et, en cette nuit de mon nom, elle couronnait à merveille l'aventure du récit au bord de sa fin, qui n'adviendrait qu'une fois le vœu énoncé, exaucé.

La dernière portion du parcours me servit à leur narrer un de mes plus chers souvenirs, à la jonction de l'érotisme et de l'art, qui font, comme avec la mort, si bon ménage. Secouru par la fortune, qui sourit parfois aux délicats, aux compliqués, j'étais parvenu à me laisser enfermer dans ce sanctuaire qu'est le musée du Louvre, quand la foule s'en absente. Dans une salle se trouvait, repérée de longue date et constamment contemplée, une sculpture du troisième siècle avant la naissance de celui dont c'était l'anniversaire aujourd'hui, à quelques minutes près : un Hermaphrodite endormi[1], étendu sur le ventre dans une posture telle qu'en tournant autour de l'œuvre on avait sous les yeux, dans le faisceau de la lampe, à tour de rôle,

1. Les amateurs peuvent en admirer la reproduction page 43 de l'ouvrage de Lo Duca, *Histoire de l'érotisme,* Bibliothèque internationale d'érotologie, Jean-Jacques Pauvert éditeur, 1959.

le galbe des fesses, le globe d'un sein, le sexe érigé mais plutôt au repos que dans la violence — un ensemble admirable, la nudité lisse de la pierre faite chair. Dévotion. Idolâtrie. Extase. Devant ce modèle sublime de mon double fantasmé, j'atteignis aux confins d'un plaisir que la divinité seule a connu, probablement.

Nous arrivions. Le long de l'allée entre les arbres sombres, la neige étouffait le crissement du gravier sous les pneus. Des fenêtres éclairaient la façade. La gardienne avait fait le nécessaire : le feu dans la cheminée, la table dressée, l'immense lit à baldaquin tout frais, les mets destinés à succéder aux mots, qui triompheraient à la fin. Crèche de luxe. Moment de la nativité ? Avènement de la volupté ? « Ton vœu, ami Noël, ton vœu, quel est-il ? » souffla Dominique sur ma nuque. Je coupai le contact. Tout se tut. Tout se sait : l'anatomie n'est-elle pas une histoire d'imagination et de nomination ? Je cadrai dans le rétroviseur le regard de mes charmantes égéries.

« Je voudrais, dis-je au ralenti, je voudrais, dans vos baisers, vos caresses, votre étreinte, je voudrais quitter ma nature masculine pour accéder au genre féminin. Le suprême cadeau, ce serait de naître, oui, de renaître Noëlle. »

Laissant délirer le réel, les trois fées m'exaucèrent, véloces, voraces et sagaces à souhait.

ASTRID SCHILLING

Plaisirs de saison

En quelques décennies, le monde avait bien changé. Les femmes étaient toutes devenues belles. Seul le climat laissait à désirer : les hivers étaient devenus plus longs et sans cette neige opaque qui imbibait les vêtements, on aurait pu apprécier l'harmonie de ces paysages empreints de douceur feutrée. Il régnait toute l'année, dans ce coin reculé des États-Unis, un petit air de fête derrière lequel sourdait parfois une menace imprécise mais tenace. Mais toutes les femmes s'étaient accordées à dire que l'inconvénient était minime par rapport aux avantages qu'elles en retiraient depuis belle lurette. Depuis combien de temps les mâles ne les embêtaient plus... on aurait pu supposer depuis la nuit des temps.

Lauren actionna les essuie-glace de sa voiture pour tenter de chasser les flocons envahissants qui se collaient tels des ventouses sur le pare-brise. Elle n'aurait pas dû s'y prendre aussi tard pour acheter les cadeaux de Noël : l'artère principale de Smoothville était engorgée de voitures et les trottoirs bondés de femmes aux bras débordants de paquets enrubannés.

Lauren regarda dans le rétroviseur : sa gamine dormait à poings fermés, affalée sur le siège arrière, le menton reposant contre sa poitrine. Indifférente à la commedia dell'arte qui se jouait à l'extérieur de l'habitacle, elle semblait si fragile dans son abandon.

Lauren remarqua alors sur le trottoir de droite un Père Noël qui faisait tinter régulièrement une clochette pour attirer l'attention. Une femme s'avança vers lui. Ils se mirent à parler. Lauren supposa qu'il devait lui proposer ses services.

— Où est papa ? demanda la petite voix d'Allison.

Avait-elle aussi aperçu l'homme tout de rouge vêtu avec sa fausse barbe blanche ?

— Il travaille, ma chérie.

— Il me manque, déclara Allison dans un soupir.

Pour changer la conversation, Lauren lui rappela les jeux de la matinée. Afin d'amuser sa fille, Carole et elle avaient peiné et sué pour fabriquer la veille un bonhomme de neige qui trônait à présent dans le jardin. Lorsqu'elle s'était réveillée, Allison, sur les instances de sa mère, avait couru derrière la maison et découvert la surprise.

Le bonhomme de neige avait de l'allure : Carole et Lauren s'étaient suffisamment escrimées pour le rendre aussi appétissant que possible et Allison ne s'y était pas trompée. Elle avait commencé de lécher le ventre dodu du personnage, puis, n'y tenant plus, était allée chercher sa petite chaise sur laquelle elle avait grimpé pour s'attaquer au visage. Pour façonner les yeux, Carole avait enfoncé deux testicules déshydratés qu'elle avait achetés au supermarché et Lauren avait planté un beau gode à la place du nez. La petite langue d'Allison avait parcouru la surface crémeuse à souhait, au goût d'amande amère, de pêche et d'interdit.

— C'est bon, avait-elle dit, en insistant sur le « oon... » tandis qu'elle cherchait à tout avaler.

Le liquide était blanc et poisseux sans être fondant, un vrai délice ! Dommage que maman n'en fasse pas plus souvent, des bonshommes de neige.

Une huée de klaxons retentit dans la rue. Lauren se gara à la première place rendue libre. Tandis qu'avec Allison, elle empruntait l'escalator de chez *Frozen*, elle croisa Carole à laquelle elle eut juste le temps de fixer rendez-vous dans l'après-midi.

— Chez moi...

Elles se firent un petit signe de la main tandis que les escaliers mécaniques les entraînaient dans des directions opposées.

— Tu es sûre qu'elle ne va pas venir ? interrogea Carole, anxieuse.

— Mais non. J'ai interdit à Allison l'accès de la cuisine le jour de Noël. Ne t'inquiète pas ! Tiens, regarde, mon frigo est tellement plein que je ne sais plus où se trouvent les choses, dit Lauren, en contemplant l'intérieur du réfrigérateur éclairé comme un studio de télévision.

Elle prit un sac en papier rempli de victuailles, se tourna vers son amie, l'œil mi-complice, mi-égrillard.

— Oh, dis donc, toi, tu...

Carole n'eut pas le temps de finir sa phrase : Lauren plaquait ses lèvres sur sa bouche pulpeuse. Le son resta coincé dans sa gorge, loin derrière cette langue qui l'envahissait tel un raz de marée. Carole dut prendre appui sur la table en formica, vieux souvenir des années cinquante, un autre monde. Un plat en inox tomba à terre dans un vacarme épouvantable. D'un mouvement sûr, Lauren écarta les cuisses de Carole, insinua sa main derrière la mince bande d'élastane du string et enfouit ses doigts au plus profond de son amie qui se mit à gémir de plaisir. Carole, sentant qu'elle commençait à perdre toute retenue, tenta, dans un sursaut, de se redresser mais Lauren lui intima l'ordre de ne pas bouger et de savourer les caresses prodiguées. Pourquoi fallait-il toujours qu'elle ait l'impression d'être redevable ? La plupart du temps, c'était Carole qui orchestrait leurs ébats, non pas en tant que dominatrice dans des jeux sado-masochistes que Lauren n'aimait pas, mais en tant que jolie femme, soumise tout simplement aux jeux de l'amour et à la perspective de combler son amante. Elle savait s'y prendre, la brunette, avec sa douceur naïve, ses poses langoureuses, sa chatte qu'elle lui mettait sous le nez avec l'air de la narguer. Et Lauren ne résistait pas : elle prenait Carole la plupart du temps en levrette pour pouvoir admirer l'été en chambre close : les fesses radieuses comme des tournesols qui protégeaient le timide œillet de l'anus. La floraison avait un parfum de musc et de pivoine mélangés et le soleil darderait un jour sur elle ses rayons sous l'apparence d'un godemiché qui lui brûlerait les entrailles. Mais Lauren hésitait encore, après tant d'années. Elle détestait abîmer les fleurs, préférait les laisser en l'état, de beauté et de délicatesse composées.

Lauren déboutonna le chemisier de Carole :

— Tu es somptueuse, lui dit-elle, pinçant entre ses doigts un téton à l'allure de petite fusée.

Elle le fit rouler entre son médius et son index jusqu'à ce que Lauren sente sous sa main Carole mouiller d'excitation.

— Je vais te l'enfoncer bien loin, tu sais, lui souffla-t-elle.

Elle déchira nerveusement de sa main gauche le sac de papier, gardant son autre main bien au chaud dans le nid douillet où ses doigts se vautraient. Il s'agissait de garder la tension à son comble. Un geste maladroit, un moment d'égarement et tout était à recommencer. Si tel avait encore été leur bon plaisir à toutes deux ! Car si le plaisir était une chose fugace, le moment pour y accéder était, lui, versatile. Lauren en avait une conscience aiguë. Le fruit dont elle s'était emparée était rouge et charnu. Elle commença à le faire rouler lentement sur le haut des cuisses douces et veloutées de son amie.

— Qu'est-ce que c'est ? lui demanda Carole.

Lauren, d'un « tsss » autoritaire, lui intima le silence.

Carole s'abandonna à nouveau, ses muscles se détendirent complètement. C'est de cet instant que profita Lauren pour tenter d'enfoncer par-delà la ficelle du string le fruit dans le sexe chaud et mouillé.

La tomate, maintenue fermement dans la paume droite de Lauren, alla s'écraser à l'entrée de la grotte, protégée d'une couronne délicate de poils brun clair. Lauren n'avait pas imaginé pouvoir réellement enfoncer le fruit dans le sexe de Carole : tout ce qu'elle avait cherché était de procurer un maximum de sensations à sa maîtresse. Sensation d'une pénétration d'une chose que l'on ne peut définir, peur mouillée d'une intrusion étrangère, excitation de ne pas savoir ce qu'il va vous advenir. La pulpe s'était dispersée en un soleil rouge duquel s'échappait progressivement des petits grains de larmes coulant le long des lèvres pourpres et convergeant lentement vers le chemin étroit de l'anus.

Lauren se baissa à hauteur du sexe de Carole et se mit à grignoter le fruit à petits coups de dents, aspirant tout à la fois le jus délicieux, appréciant le volume des lèvres gonflées, essorant clitoris et string d'une langue centrifuge. Les cuisses de Carole, sous la pression irrésistible de la montée du plaisir, étaient devenues à présent aussi dures que deux battes de base-ball.

Carole étouffa son cri de jouissance en se mordant violemment l'avant-bras, tandis que les lèvres de son con palpitaient encore, oisillons éclos, fragilement agrippés sous le treillage poilu cernant le terrain de jeu.

— Je peux te poser une question ? demanda Lauren à Carole, tandis qu'elle se rhabillait, encore mal assurée sur ses jambes.

— Bien sûr !

— Les testicules... ce sont ceux de ton mari ?

— Non, je les ai achetés. Je garde ceux de Ralph en souvenir.

— Voilà où cela mène d'aimer trop le maïs.

Elles pouffèrent de rire.

Ralph était mort seulement depuis quinze ans. Il avait été un des derniers à mourir de la culture transgénique. Celle du maïs avait été abandonnée en dernier car elle possédait un taux de productivité exceptionnel qui plaçait l'État du Wisconsin comme un des premiers États les plus riches du monde. Il avait fallu quelques décennies et de nombreux rapports secrets aux statistiques concluantes pour admettre l'évidence : le transgénique était devenu la cause première et irréfutable de mortalité chez les hommes. Les femmes en tirèrent parti de façon naturelle et sans efforts, éliminant tous les machos, jaloux, peine-à-jouir, maris et chieurs de première, de leur entourage. Petit à petit, on vit se constituer dans la plupart des villes des cercles féminins pour éradiquer, discrètement mais efficacement, ce fléau appelé « hommes ». Trop occupés par leurs jeux de pouvoir et d'avancements professionnels, ceux-ci ne virent pas le danger et se mirent joyeusement à table devant le gigot-maïs transgénique préparé par bobonne.

C'était depuis ce temps-là que la météo avait changé, comme si la terre avait vomi une virilité trop envahissante avec sa chair putrescible, ses os rongés de malheur et sa semence potentielle. Dérangée dans son processus régénérateur, la terre avait expulsé ce qui restait des hommes dans l'espace. La neige qui tombait désormais six à huit mois par an avait changé de consistance, pleurait depuis longtemps du sperme. Et lorsqu'une averse laiteuse venait jusqu'à empêcher les femmes de sortir, il était d'usage, lorsqu'elles passaient des heures au bout de leur portable, d'avouer doucettement à leurs copines :

— Les hommes, c'est le chagrin des femmes.

Ainsi allait la vie.

Des rescapés, il y en eut. Très peu. Des types un peu plus débrouillards que les autres, choisis par quelques lobbies féminins qui éprouvèrent leurs qualités. Ils ne se connaissaient guère entre eux, portaient tous le même uniforme. Leur vie ne tenait qu'à la mort de quelques irréductibles parmi leurs semblables, également à leurs prouesses physiques. Les élus ne se plaignaient pas : ils étaient les meilleurs tringleurs au monde, et pour cela, grassement payés.

— Tu as vu où se trouve ta fille ? fit Carole en regardant par la fenêtre de la cuisine.

Lauren jeta un coup d'œil dans le jardin et vit Allison occupée à lécher avidement, les yeux clos, la mine extatique, un des bras du bonhomme de neige.

— Papa... papa...

Allison courut au-devant de son père qui venait de franchir le portillon en bois. Il la souleva de terre et l'embrassa fougueusement, presque sur le coin de la bouche.

Lauren et Carole les virent se diriger vers la maison.

— Tu restes passer Noël avec nous... fit Harry, le mari de Lauren, en embrassant Carole.

— Si tu veux... mais Lauren y avait déjà songé... répondit-elle, en plaquant doucement, à l'insu d'Allison, sa main sur la robe rouge du Père Noel.

— Papa, dis-moi, c'est quoi ton métier... demanda Allison.

— Il donne des cadeaux, expliqua Carole.

— Oui, fit la petite, mais visiblement peu satisfaite de cette réponse incomplète, elle insista :

— Les Pères Noël, c'est quoi leur métier...

— Ce sont des mercenaires, ma chérie, éluda Harry.

— Ils font plaisir aux femmes, dit Lauren, et maintenant file jouer dans ta chambre, on t'appellera pour le dîner.

Allison s'en alla en trottinant.

— Tu as bien de la chance, susurra Lauren en s'approchant de son mari et commençant à lui caresser le sexe au-dessus de ses vêtements.

— Tu aurais pu en avoir une toute petite, comme celle de Ralph, et alors adieu... pfffuitt, ajouta Carole.

— Oui, mais elle est grosse et dure et elle vous plaît, les défia Harry.

— Ça c'est sûr, firent les deux femmes en chœur, tandis qu'elles soulevaient le tissu ample pour chercher la bête.

Le Père Noël pressa les visages gourmands contre sa queue.

— Qui va la manger la première ?

— Moi, moi, firent-elles de concert.

Il sentit deux langues courir sur ses bourses, les lécher délicatement, des mains s'emparer de ses fesses. Lesquelles appartenaient à Lauren ? lesquelles à Carole ? Il n'aurait pu le dire.

Sa bite, salivée abondamment, était tendue à l'extrême, un trampoline ferme et noueux sur lequel les bouches coulissaient de plus en plus vite, en alternance. Laquelle était à Carole, laquelle à Lauren ?

D'un seul coup, le sperme gicla hors de sa gangue, inondant les têtes encore enfouies. Carole et Lauren gloussèrent sous le tissu, tandis que dans l'obscurité complice elles se lavaient la figure l'une de l'autre d'une langue délicieusement plate et recueillie.

Le Noël fut une réussite : Allison, après le succulent dîner, reçut une quantité impressionnante de jouets dont elle saurait faire bon usage — sa maman ne lui avait-elle pas appris ? —, et les deux femmes furent, elles aussi, comblées jusqu'au petit jour.

Dans la nuit, Allison entendit un passant chanter dans la rue :

Père Noël, dis-moi, pourquoi as-tu de grandes dents ?
C'est pour mieux te manger mon enfant, la la.
Père Noël, pourquoi as-tu une grande queue ?
C'est pour mieux te prendre, mon enfant.

Allison approuva la chanson et s'endormit paisiblement.

Gilles Vidal

Sabine de Noël

Dehors, il faisait un froid de salaud, et je n'avais pas vraiment besoin de ça, oh que non, j'avais eu ma dose de chagrin le matin au réveil en un espace de temps on ne peut plus court. Pour en rajouter, on était le 24 décembre, et ce soir, c'était le réveillon de Noël. Cela voulait dire qu'il y avait sur terre un sacré paquet de types et de nénettes qui allaient s'en mettre jusque là en se mufflant ce qu'il fallait, qui allaient peut-être oublier le gros jambon merdeux des emmouscailles qui pendait précairement au-dessus de leur tête, alors que mézigue, de mon côté, avec ce qui venait de tomber dans ma vie comme un météore belliqueux, j'allais à coup sûr me morfondre jusqu'à, pourquoi pas, friser le suicide caricatural — à ce propos me vint sinistrement à l'esprit la sombre blague d'un ancien camarade de chambrée : c'était l'histoire d'un petit cadre qui, rendu à son travail le matin d'un 24 décembre justement, apprend qu'il est licencié sur-le-champ de la bouche de son directeur, qui, rentré chez lui, découvre une lettre de sa femme posée sur la table de la cuisine lui apprenant qu'elle s'est fait la malle avec son amant, puis qui, désespéré devant tant d'infortune, décide, devant la joie présumée des quidams chargés de victuailles et de cadeaux qu'il aperçoit vaquer par les rues enneigées de sa fenêtre, d'aller mettre fin à ses jours en allant se jeter du quatrième étage de l'immeuble en construction jouxtant le sien ; plus tard, au moment de se jeter dans le vide, une main accroche son épaule et le retient, il se retourne et tombe devant un homme vêtu en Père Noël. « Qu'alliez-vous faire, brave homme ? s'enquiert le présent Père Noël. — Vous le voyez bien, répond l'infortuné. — Et pourquoi ? » continue le Père Noël ; après lui avoir expliqué sa situation, le Père Noël lui dit : « Écoutez, cette nuit, c'est la nuit de Noël, et moi, je suis le Père Noël, c'est pas du bidon... Je vous garantis que d'ici quinze jours vous aurez retrouvé un boulot et votre femme sera rentrée au bercail ! » D'abord incrédule, le désespéré finit par répondre, enthousiaste : « C'est vrai, c'est vrai, Père Noël ?... Mais que me faut-il faire, c'est tout de même pas gratuit ? — Rien n'est gratuit en ce monde, effectivement... Je vous demande juste de me soulager de votre bouche. » Et sur ce, le Père Noël soulève haut sa cape rouge. « Mais je n'ai jamais fait ça... — C'est à vous de choisir... » Finalement, il lui taille la pipe salvatrice ; une fois soulagé, le Père Noël lui demande d'une voix grave : « Mais quel âge avez-vous brave homme ? — Cinquante-quatre ans... — Et vous croyez encore au Père Noël ?... »

Ce n'était certes pas le souvenir de ce genre de blague qui allait me donner le moral, mais foin de suicide ou d'autodénigrement, mon histoire à moi était à vrai dire bien moins noire que celle de ce type, car, tout d'abord, je n'avais pas perdu mon boulot, non. Mais si je n'avais pas perdu mon boulot, c'était tout simplement parce que je n'en avais pas de boulot... C'était ma compagne Caroline qui m'entretenait plus ou moins — beaucoup plus que moins — depuis presque un an, et c'était d'elle que venaient ma tristesse présente et mon courroux. Ce matin, donc, elle m'avait fait un coup inouï. Voilà comment ça s'était passé.

Il faut d'abord savoir que tous les matins que nous offrait le monde, Caroline me suçait lorsque j'étais encore endormi — c'était une sorte d'accord tacite entre nous, et pour tout dire, je ne l'avais pas forcée, car elle adorait ça, sinon, pourquoi l'aurait-elle fait, hein ? — et je me réveillais avec cette sensation, cette volupté de sentir sa bouche charnue et experte sucer ma trique. J'étais conscient d'être particulièrement verni de bénéficier d'un tel rituel divin, d'avoir droit tous les jours à ces lèvres amicales et généreuses, à cette bouche bienvenue, à ce soleil à chaque aube inattendu.

Donc, ce matin-là, elle ne dérogea pas à la règle et je me réveillai avec ma bite dans sa bouche, puis couinai suite au mordillement nerveux de ses lèvres épaisses aux alentours de la circonférence de mon gland. J'étais bel et bien réveillé. Je pris la masse de ses cheveux blonds et y enfouis mon visage, m'enivrant de son odeur, puis réussis en m'arquant à agripper son cul et ses cuisses et à la grimper sur moi. Elle fit alors son numéro habituel dont je ne me lassais pas, sans trop parler, mais juste ce qu'il fallait, agrémentant de temps en temps son idiome de gémissements éraillés, me chevauchant avec grande science de mes plus intimes réactions, car me connaissant désormais parfaitement, pouvant me faire jouir — ma belle petite garce — quand elle le désirait, de très précis coups de reins appuyés, en l'occurrence en prenant ma bite très très haut, en bout de course, juste au bord du gland, en multiples, courtes mais ultrarapides frictions — un peu comme un jockey compétiteur teigneux dans la dernière ligne de Longchamp — qui m'affolaient jusqu'à la décharge finale.

Mais, à cet instant, alors que j'étais justement sur le point d'éjaculer généreusement, elle se retira de moi avec brutalité, se leva et, tout en enfilant ses vêtements un à un qui étaient éparpillés sur le parquet tout autour du lit, elle me lança d'une voix aussi rapide qu'une truite s'enfuyant entre les doigts : « Je me casse, j'en ai marre de toi, adieu et joyeux Noël ! »

Je vous laisse deviner ma surprise juste après ma frustration, mon désarroi puis ma douleur pour finir devant une telle méprise, un tel plantage de couteau dans le dos, une telle félonie. Me plaquer comme cela, de manière aussi cruelle, je n'en revenais pas. D'accord, je n'avais pas un fifrelin devant moi, j'étais plutôt paresseux... mais quand même ! Elle savait que je l'aimais par-dessus tout, que je ne vivais que par et pour elle, et cela, depuis deux ans, oui, pas moins, deux ans ! J'aidais beaucoup dans les tâches ménagères, je faisais les courses, etc., etc. De plus — et ça, c'était primordial —, j'apportais à Caroline, avec ma déjà bonne vieille expérience de quarantenaire, tout plein de bonnes choses qu'elle n'aurait pas obtenues si elle avait été avec un de ces jeunes drogués du boulot, un de ces types qui n'arrivent à exister que de par leur fonction professionnelle et le salaire qui va avec, pour qui la carrière est plus importante que la vie privée. Je lui apportais ma décontraction bonhomme, mes futilités intellectuelles, ma bonne humeur quasi permanente, ma disponibilité de gourmet de l'inutile, j'étais en quelque sorte son antistress à portée de mains dès qu'elle rentrait du turbin, harassée par sa journée palpitante de jeune femme active.

Mais peut-être était-ce une blague ? Je veux dire ce plaquage à la noix qui ne ressemblait vraiment à rien. Après tout, elle avait ici tous ses vêtements, sans compter ses meubles, et, bien évidemment, je n'oubliais pas le fait que l'appartement était à son nom et non au mien, que c'était elle qui en payait tous les frais. Alors je n'avais pas à m'en faire, je pouvais être sûr de la revoir, car elle était forcément *obligée* de revenir. Mais enfin, je savais aussi qu'il arrivait parfois que des personnes disparaissent pour de bon, et se fichent complètement alors de leurs biens, voulant s'évaporer littéralement dans l'atmosphère terrestre. Caroline faisait-elle partie de ce genre de zozos ? Pas possible, je n'en croyais pas un mot. Ben alors, où était-elle ? Avait-elle un autre mec ? Merde, quand même, je l'aurais vu venir ?... Quoique...

J'ai tourné en rond comme ça toute la journée, à me ronger les sangs, à m'imaginer des milliers de choses toutes plus ou moins délirantes, jetant de temps en temps un œil par la fenêtre pour faire tout comme le type de la blague du début, c'est-à-dire mater tous ces connards à la face hilare derrière leur cache-nez, les bras croulants sous les sacs de victuailles de qualité et les vins fins, me narguant avec leur joyeuseté à un franc dix. « Sales cons, je me disais, profitez-en ! », et je refusais obstinément de sortir — bien qu'à certains moments j'aie été titillé par l'envie d'aller m'approvisionner chez le traiteur du coin —, je tenais à boire le calice jusqu'à la lie ! Ce que venait de me faire cette garce était indigne, et en plus un 24 décembre !

Le temps de me masturber trois fois comme un coyote désespérant de voir poindre l'aube, et l'après-midi touchait à sa fin. Je n'avais rien de sympa à bouffer, juste de quoi picoler, j'étais furieux.

J'étais en train de tournicoter autour du bar, me tâtant sur mon choix d'apéro — il était quand même près de sept heures —, hésitant entre un bon vieux scotch avec deux glaçons ou bien un Martini dry corsé en gin avec un zeste de citron, quand la sonnette de la porte d'entrée a retenti. Merde... Mais non, ça ne pouvait pas être elle, elle avait les clés. Mais peut-être les avait-elle oubliées dans la brusquerie du départ ? Mon cœur battait la chamade à l'idée de la revoir, et j'ai ouvert en grand la porte sans avoir jeté auparavant un regard par l'œilleton. Une jeune femme brune plutôt belle se tenait devant moi, emmitouflée dans un manteau rouge, les bras chargés de paquets. Je devais avoir une mimique très perplexe.

— Oui... j'ai fait du bout des lèvres.

Ses yeux bleus étaient magnifiques, je les voyais chavirer — je devais avoir un air hébété.

— Excusez-moi... mais je crois qu'on m'a fait une blague... finit-elle par me dire. J'étais invitée à un réveillon en face de chez vous, et je m'aperçois qu'il n'y a personne. Vous... vous êtes au courant ?

Je n'étais au courant de rien, sauf que j'avais appris par la concierge (sans que je l'eusse cuisinée pour ce faire) que l'appartement d'en face était sans locataires depuis une quinzaine de jours, mais que les nouveaux n'allaient pas tarder à emménager, c'est-à-dire au début du mois prochain, et c'est très exactement ce que j'ai dit à cette jeune dame qui paraissait déboussolée.

— Mais que vais-je faire ?... murmura-t-elle en baissant la tête, je n'ai rien prévu...

Allons allons ! je me suis dit, tttut ! tttut ! une aussi belle fille doit avoir une multitude de points de chute, au moins autant que les missiles israéliens pointés sur la Syrie. Mais, après avoir réfléchi rapidement, je me suis dit que je devais lui proposer d'entrer, que ce serait tant mieux ou tant pis pour Caroline, qui m'avait laissé seul comme un vieux collant grillé.

D'ailleurs, elle accepta sans hésiter mon invitation, et, après que je l'eus débarrassée de ses paquets et de son manteau, je la fis asseoir dans le canapé du salon et lui proposai un verre. Mon Dieu, quel canon !

J'avais du mal à garder mon sang-froid et surtout à tenir fixes mes yeux qui n'arrêtaient pas d'aller et de revenir sur sa personne, de ses cuisses charnues qui sortaient de sa courte jupe à son adorable visage mutin aux lèvres délices, en passant par sa poitrine qui tendait à craquer son chemisier blanc, les boutonnières formant des ovales d'étonnement. Il fallait me contrôler.

— Il y a du champagne qui doit être encore très frais dans mes sacs, là-bas, me dit-elle avec un sourire.

Effectivement, s'il y avait du champagne, autant en profiter.

Je revins avec une bouteille (en fait, il y en avait carrément quatre).

— Tenez, lui dis-je en la lui tendant, je vais chercher des coupes.

Mais pas moyen de mettre la main sur ces coupes. Puis je me suis souvenu qu'elles étaient rangées maintenant en haut du buffet de la cuisine.

— Elles sont à la cuisine, ai-je dit (puis, suggérant niaisement que je quémandais son nom :) heuheu... vous vous appelez ?

— Sabine.

— Moi, c'est Édouard...

Et je m'en fus à la cuisine.

Alors que j'étais juché sur une chaise en train d'essayer d'agripper les pieds de deux de ces satanées coupes, cette jeune femme — Sabine, donc — s'est approchée de moi et, tout en me disant : « Je vais vous donner un coup de main », a mis effectivement *sa main* entre mes jambes, écartant brusquement la toile de mon jean, a pris mes couilles en coquille sans façon et a exercé un mouvement ascensionnel qui était bien sûr censé me faire gagner les quelques centimètres suffisants pour que je puisse mener à terme mon entreprise.

J'en eus le souffle coupé, puis, inexorablement, le désir a commencé à me prendre les boyaux en tenailles, à affluer partout dans mon ventre, tout d'abord en paisibles irrigations puis très vite en effluves précipités, tandis que de la salive déjà alourdie et passablement âcre commençait à stagner dans le fond de ma bouche, preuves s'il en était que j'étais prêt à basculer dans l'accomplissement bestial de certaines de mes vicieuses dérives.

Mais, encore et surtout, je tiens à dire que je jouissais sans mégoter du réel, de l'instant présent.

D'une voix qui était maintenant devenue totalement rauque, délaissant les coupes, je dis à Sabine, tout en asseyant mes testicules dans sa paume : « Vous devriez prendre ma place, vous êtes plus légère ! »

Après m'avoir caressé encore un brin à travers la rude toile, elle me laissa descendre de mon perchoir puis monta à son tour sur la chaise. Elle portait une jupe blanche plutôt courte et j'entrevoyais le bas de sa culotte — blanche elle aussi —, juste à l'entrejambe, culotte indisciplinée dont l'élastique était d'un côté rentré dans la raie, dévoilant un quartier de fesse, et de l'autre légèrement à cheval sur le charnu du sexe, laissant échapper un ourlet de lèvre poilue.

Mes mains ont alors empoigné le dos de ses genoux puis sont remontées lentement le long des cuisses qui étaient à la fois fermes et douces, ont pincé un soupçon du pouce le gras des fesses, puis finalement, sans hésiter, les doigts en fuseau de ma main droite ont pris sa chatte et ont commencé à la malaxer à travers la dentelle à cet endroit renforcée. La respiration de Sabine s'est faite plus saccadée puis, lorsque j'ai entrebâillé la culotte pour dénuder l'ensemble de son sexe, elle a émis un petit râle qui m'a encouragé. J'ai caressé la fente, d'abord d'avant en arrière puis avec des mouvements de plus en plus circulaires en direction du pubis, palpant la cascade de chair pileuse en prenant tout mon temps, pétrissant de trois bouts de doigts le clitoris qui, du coup, accentua son volume. Maintenant, Sabine gémissait pour de vrai.

— Ne bougez pas... ai-je murmuré.

Elle s'est alors penchée en avant en retroussant la jupe sur son dos pour bien faire jaillir son machin noir et fendu, et j'ai avancé ma bouche qui était juste à la bonne hauteur et me suis mis à lécher, à sucer, à dévorer, d'abord le plus gros du morceau, puis les plus infimes replis, sans compter le clitoris que j'aspirai goulûment, à le déraciner, tandis que simultanément j'enfonçai mon majeur dans son vagin qui entra comme dans du beurre tellement elle mouillait, faisant des va-et-vient de plus en plus rapides, finissant même par ajouter au majeur mon index et mon pouce. Bonté divine ! ma queue butait tel un bélier têtu sur ma braguette, j'en avais mal.

J'ai pris Sabine par les hanches et la descendis de la chaise. Nous nous embrassâmes un moment, mais ce jeu de langues était un peu trop restreint à nos goûts, et elle s'agenouilla, me débraguetta, saisit mes couilles à pleines mains et se mit à me sucer la queue avec une science irréprochable, variant les trajets des coups de langue, utilisant parfois ses mains avec à-propos le temps de faire une halte pour reprendre son souffle, se gargarisant de mon gland comme s'il eût été un berlingot, sans parler de mes couilles, qui, grâce à ses très grandes lèvres, réussirent à entrer pratiquement dans sa bouche, jusqu'à ce que d'une légère tape sur sa nuque je lui fis comprendre qu'elle devait cesser cet odieux délice devant l'imminence d'une possible décharge prématurée.

Je la culbutai directement sur le dallage froid de la cuisine, retroussai sa robe, retirai définitivement son slip et, après lui avoir fait replier ses jambes en arrière qu'elle retint avec ses mains, je repris ma manducation vorace, ajoutant des malices, astuces, voire un ou deux stratagèmes à ma gymnastique linguale. Je baissai puis retirai mon jean et mon caleçon puis, après m'être quand même occupé de ses seins ostentatoires que je fis sortir aisément de son chemisier — les coquins à larges têtes brunes cramoisies n'ayant pas de soutien-gorge —, puis suçai en leurs moindres parcelles, je la pris d'un grand coup sec, sans prémices aucunes. Elle poussa un petit cri qui chatouilla d'autant plus ma libido. Je la retournai et la pris en levrette tout en pétrissant ses seins et la poussant en même temps en avant jusqu'à ce qu'elle bute contre un pied de la table de la cuisine tandis que je l'emboutissais sous tous registres, rythmes malicieux de faux sous-régime, puis courses endiablées en obliques croisées, remontage du pont-levis, enfouissement d'un jeune plant, le tout couronné par la vanité du pêcheur posant près de son poisson de six livres.

Pour couronner ce réveillon de charme, rien ne valait une bonne bûche : je la soulevai sans peine et la hissai sur le plateau de la table. Là, je mis délicatement un doigt dans son anus et me mis à le travailler en souplesse jusqu'à ce que j'y puisse fourrer ce que vous savez. Pour ce coup, nous nous finîmes au bout de ça, dans une pluie de râles et de bourdonnements dont nous mîmes une bonne demi-heure à nous remettre, occupant ce répit de nos mains agissant au ralenti.

Et nous continuâmes donc ce réveillon tout le long de la nuit, nous nourrissant et nous abreuvant tout de même de temps à autre des fins mets et du champagne ramenés par Sabine.

Repus et heureux, nous avons fini par rendre les armes au petit matin et, serrés étroitement l'un à l'autre, nous avons contemplé le plafond en soupirant d'aise.

— C'était un cadeau de Noël formidable, Caroline, j'ai dit avec tendresse. Tes cheveux teints en brun... impec ! En plus, ce prénom, Sabine, c'était un bon choix...

— Merci... mais il faut dire que t'as bien tenu ton rôle... À la perfection !

C'est vrai que j'avais joué ce putain de rôle à fond, que j'avais été *réellement* triste quand elle était partie et que j'avais *vraiment* eu la sensation de baiser une étrangère...

Avant de m'endormir le sourire aux lèvres, j'ai pensé que d'ici une semaine on allait remettre ça à l'occasion du réveillon de la Saint-Sylvestre. Et puis je me suis dit aussi que j'avais eu quand même très peur. À un moment donné, j'avais cru que ce n'était plus du jeu, qu'elle s'était barrée pour de bon.

ESPARBEC

Les Rois Mages

Noël, pour moi, est lié à l'idée du sexe, et à un afflux de sentimentalité écœurante. Les deux ne font pas toujours bon ménage. Je me méfie comme de la peste de la nuit du réveillon car l'idée de suicide y rôde volontiers. En général, je m'arrange pour la passer en compagnie de quelque autre solitaire, homme ou femme, et nous prenons bien soin, en nous soûlant, de nous comporter comme si Noël n'existait pas.

Chaque fois que j'entends Tino Rossi chanter *Petit Papa Noël,* je suis au bord de la nausée. Mais je bande. Pour moi, rien n'est plus aphrodisiaque que cette niaiserie. Voici pourquoi : c'est dans la nuit de Noël, à Tunis, en 1956, que j'ai fait l'amour pour la première fois avec une femme : ma mère. Je venais d'avoir treize ans. Magda m'avait eu très jeune (à peine pubère) et j'avais été élevé par une tante éloignée. À douze ans, ma mère me fit venir auprès d'elle. Elle était alors « cigarettière » au casino de La Goulette. Affublée d'un tutu, elle vendait des cigarettes aux dîneurs et aux joueurs. Que pourrais-je vous dire sur elle ? Elle plaisait aux hommes ; elle avait des amants ; c'était une femme facile, et même, n'ayons pas peur des mots, assez vénale. Mais quand j'aurais dit cela, que saura-t-on de plus ?

La nuit de Noël, le casino était fermé. Le réveillon eut lieu chez ma tante Marie, qui nous élevait, ma sœur et moi, avec ses deux filles. Elle s'occupait de l'intendance pour tout le monde, ma mère se contentant d'apporter l'argent. Les appartements des deux sœurs se touchaient, au rez-de-chaussée d'un patio, dans la petite Sicile ; on passait de l'un à l'autre, on y entrait souvent par les fenêtres. Marie était ouvreuse de cinéma. Pour la nuit de Noël, ses collègues vinrent fêter la première partie du réveillon chez elle. Elles étaient en uniforme sous leur manteau de fourrure (des tailleurs rouge vif agrémentés d'épaulettes et de boutons dorés), car ensuite, elles devaient se rendre au Colisée, où le « grand patron » donnait une fête jusqu'au matin pour le petit personnel.

En fait, les ouvreuses constituaient le cheptel privé du directeur de salle, il y puisait à son gré. Après la fin de la fête officielle, où il recevait les familles de ses associés et d'autres gérants de cinémas de Tunis, elles viendraient jouer les entraîneuses et fournir de la compagnie aux célibataires. Pour sauver les apparences, elles porteraient leur tenue de travail.

« Tu comprends, avait dit ma tante à ma mère, ces gens-là ne vont pas aller au bordel. Que veux-tu, si je veux passer chef-ouvreuse, il faut que j'aie les reins souples... Je serai soûle, ça fera passer la pilule. »

Outre les collègues de ma tante, on avait invité la sage Arnica, la locataire du dessus, avec son père, et Mme Esposito, la couturière, notre autre voisine, une veuve dont le fils, qui était scout, participait à une veillée avec chœur à la Primatiale de Carthage. Et naturellement, il y avait les Rois Mages (comme les appelait ma tante), mes trois pères présumés : notre voisin, l'inspecteur Brancaléoni, dont la femme était sur le point d'accoucher, et qui s'était pour l'occasion déguisé en Père Noël, Sfez, le bijoutier (la gourmette que je porte au poignet gauche me vient de lui) et Gherardini, policier lui aussi (mais en tenue), et lui aussi affublé d'une barbe de coton, d'un faux nez et d'un capuchon rouge. Tous les deux devaient participer le lendemain à l'Arbre de Noël de la Police. Les tenues de Père Noël (surtout les barbes) leur étaient bien commodes pour ne pas se faire repérer dans le quartier, où ils étaient connus comme le loup blanc, en venant réveillonner chez des femmes de mœurs légères. Il y avait aussi Frédo, un barman, amant de cœur de ma mère et un courtier du casino qui s'appelait Déconfiture (probablement un surnom).

Ma mère et ma tante avaient éloigné les filles (ma sœur Rita et mes cousines), qui, après la messe de Noël, iraient dormir au Bardo chez un oncle de la branche respectable de la famille. Moi, j'avais refusé de les suivre, et ma mère ne s'opposait jamais à mes désirs à cause du sentiment de culpabilité qu'elle nourrissait à mon égard, pour m'avoir éloigné d'elle si longtemps. Elle me « passait » tout, ce qui mettait Marie en rage, quitte à me rouer de coups quand j'allais trop loin (et j'allais souvent trop loin) ; brèves bourrasques qui crevaient sur moi, j'adoptais la posture fœtale et n'étais plus que coudes et genoux. Après s'être meurtri les poings sur mes os, elle était prise de remords, et j'avais le droit de dormir auprès d'elle.

La fête avait démarré sec mais resta dans les bornes de la saine gaudriole tant que le père d'Arnica, qui était chauffeur de locomotive, et Mme Esposito, y participèrent. Tout le monde avait beaucoup bu, et l'on riait, l'on criait très fort. Assis tantôt sur l'une, tantôt sur l'autre (j'étais la coqueluche des ouvreuses), je me demandais avec lequel de mes trois pères présumés ma mère finirait la nuit. Ils avaient l'air de bien s'entendre entre eux ; quant à mes sentiments à leur égard, ils restaient sur l'expectative ; trois pères, c'est trop ; aucun d'eux ne m'attirant particulièrement, je préférais rester dans le doute quand on cherchait des signes de ressemblance avec l'un ou avec l'autre. Il me suffisait de ressembler à Magda.

J'étais très mignon, à treize ans. Pour la circonstance, à cause d'une fête de patronage, on m'avait maquillé et déguisé en ange, avec des ailes minuscules, en papier doré. Toutes les femmes, très échauffées, n'arrêtaient pas de m'embrasser. Leurs cris perçants, leurs gloussements de filles chatouillées (mes pères présumés avaient les mains baladeuses) me donnèrent l'idée de me rendre invisible en singeant l'ivresse. Je fis en sorte qu'on me vît boire force vin muscat, que j'allais ensuite recracher dans les pots de basilic, sur les fenêtres (et l'un d'eux en crèverait). Me croyant ivre, tout en s'indignant très fort qu'on m'eût laissé boire, à mon âge, ma mère ne se brima plus. Dès que les personnages respectables furent rentrés chez eux, elle s'abandonna sans pudeur à une exagération de gestes et de rires mouillés qui rendait redoutable l'attrait qu'elle exerçait sur tous les mâles présents (y compris moi).

Sous son influence, les ouvreuses perdirent le peu de tête qui leur restait et la fête tourna à l'orgie. On éteignit le plafonnier et quelques bougies tremblotèrent sur les consoles. Les couples dansaient dans la pénombre, immobiles, bouche à bouche. Les Pères Noël avaient retiré leur barbe pour mieux rouler des pelles aux ouvreuses. À tour de rôle, les hommes présents poussaient leur cavalière, déjà fort dépoitraillée, dans le couloir, et les autres couples échangeaient des plaisanteries salaces. On m'avait oublié, comme un chat, sur le canapé ; je m'étais fait un nid parmi les manteaux de lapin des ouvreuses, et je surveillais tout. De temps en temps les yeux de ma mère me cherchaient, et je jouais à dormir. Elle flirtait ferme, avec l'un, avec l'autre. Entre deux danses, elle s'asseyait sur les genoux de ses cavaliers, laissait leur main remonter sous sa jupe. Les autres femmes (même la sage Arnica) ne se gênaient pas davantage. On commençait à voir beaucoup de chair, à la lueur des bougies. Une cuisse, un sein, une paire de fesses surgissaient brièvement de l'étoffe rouge des uniformes d'ouvreuse.

À force de faire semblant de boire, j'en avais quand même avalé ; il m'arrivait de sombrer dans des gouffres de torpeur dont je m'échappais par intermittence. La fin de la nuit est assez morcelée dans mon souvenir. Réveillé par l'envie de pisser, je sortis dans le patio (où se trouvaient les chiottes) et je trouvai ma tante et ma mère, assises sur l'escalier, en grande conversation avec un des Pères Noël. Il avait remis sa barbe, sans doute s'apprêtait-il à rentrer chez lui. Marie et ma mère discutaient ferme. Comme je traversais la cour, ma tante tira une piécette de sa pochette d'ouvreuse et la jeta en l'air. Ma mère la saisit au vol et cria « face ». Puis elle poussa un cri de dépit, et Marie, glissant son bras sous celui du Père Noël, l'entraîna dans notre appartement.

Quand je ressortis des chiottes, ma mère avait rejoint la fête. Je pus me glisser chez nous par une fenêtre. Je savais qu'ils étaient dans la grande pièce. Pieds nus, je remontai le couloir qui servait de débarras, et m'accroupis derrière le rideau qui cachait les misères que nous y entassions. Ma tante avait retiré sa jupe ; elle n'avait gardé que sa veste d'ouvreuse, rouge et or. À genoux, elle suçait le Père Noël, affalé sur le divan. Je les entendis chuchoter. « Tu as trop bu ! » disait Marie. Puis elle s'y remettait. Je voyais sa bouche engloutir le gros sexe blafard luisant de salive, mais en dépit de ses efforts, il restait mou. Au bout d'un temps infini, elle parvint enfin à ses fins et enfourcha son partenaire, dont elle guida de la main la virilité paresseuse. Je pus voir sa touffe de poils l'absorber. Je garde surtout le souvenir de l'inertie du Père Noël, vautré comme un moribond, du vaste cul pâle de ma tante, de la tache sombre de l'anus qui s'écarquillait chaque fois qu'elle creusait les reins, des tremblements spasmodiques de sa cellulite quand elle retombait sur l'homme. L'affaire ne traîna pas. Ma tante remit sa jupe et ils sortirent dans le patio.

Quand j'entendis ma mère rire dehors, je compris que ma retraite était coupée. Au lieu de repasser par la fenêtre, je traversai la grande pièce et courus me jeter à plat ventre sur son lit, parmi les robes et les manteaux qu'elle avait jetés dessus, en les essayant. Il était temps, je l'entendis demander : « Tu n'as pas vu le petit ? »

Ma tante avait manifestement autre chose en tête ; elle lui répondit que je devais sans doute dormir dans la chambre de ses filles. J'entendis des bruits d'embrassades, les ouvreuses s'en allaient jouer les entraîneuses pour la seconde moitié de la nuit. Dans le silence qui suivit leur exode, un rire de femme ivre chevrota, excessif, et ma mère, les seins nus, entra en courant dans la chambre, poussée devant lui par le second Père Noël. Comme l'autre, il avait remis sa barbe et voulait probablement tirer le coup de l'étrier avant d'aller retrouver sa famille. Ma mère ne me vit pas. L'homme l'avait propulsée sur le lit ; elle y était tombée à plat ventre, tout près de moi. Son parfum qui avait tourné et l'odeur de ses aisselles m'agressèrent, ainsi que celle du tabac, dans ses cheveux. Toujours riant, elle prit appui sur ses avant-bras et tourna la tête vers la glace de l'armoire. Comme elle, je vis s'y épanouir son beau cul en forme de pleine lune. Le Père Noël lui avait retroussé sa robe sur les reins. Il la dépiauta de sa culotte ; elle ramena ses genoux sous elle pour s'offrir. Elle en avait très envie. Je l'entendis chuchoter une supplication et je vis, toujours dans la glace, le Père Noël empoigner sa queue (il bandait, lui) et s'ajuster. Ma mère eut un sursaut de tout le corps quand il entra en elle et tourna sa tête en soupirant d'aise, se désintéressant de ce qui se passait dans le miroir. C'est alors qu'elle me vit. Nos visages se touchaient presque, ses yeux entrèrent dans les miens, que je n'eus pas le temps de fermer. Tout le temps que dura l'opération, nos yeux restèrent attachés. Nous bondissions ensemble sous les assauts qui faisaient danser les ressorts du sommier. Jamais je n'oublierai son regard candidement étonné, vaguement suppliant, ni le rire nerveux qui faisait trembler sa bouche chaque fois que l'homme s'enfonçait en grognant. Puis, comme son plaisir venait, elle posa sa main chaude sur mes paupières, comme on ferme celles d'un mort, et tout le temps où elle cria, sa main m'aveugla. Dès que l'homme se retira, avant qu'il ait le temps de me voir, elle rabattit sur moi un manteau de fourrure et je m'endormis dans l'odeur de son parfum, pendant qu'elle raccompagnait son amant dans l'impasse.

Plus tard, un bruit de moteur de voiture me réveilla ; je soulevai la fourrure et vis ma mère nue s'examiner dans le miroir. La lumière s'éteignit et elle se coucha près de moi. Des chats se disputaient sur la terrasse. Un train de marchandises siffla et passa interminablement en faisant trembler les murs. Encore plus tard, à la lueur du jour naissant, je la vis laisser tomber deux comprimés dans un verre d'eau. D'habitude, elle gobait directement ses somnifères, et si je m'étonnai du changement, ce fut sans m'y attarder, tant j'avais hâte qu'elle s'endorme enfin. Quand elle avait pris du gardénal, surtout si elle avait bu avant, elle sombrait dans un état semi-comateux et j'en profitais pour me livrer à son insu, sur son corps inerte, à des simulacres de possession, en me masturbant contre son sexe, sans la pénétrer. En entendant sa respiration s'apaiser, je crus qu'elle y était, et me couchai sur elle. Mais au lieu de rester inerte sous mes assauts maladroits, elle referma ses bras sur moi. Une peur innommable me pétrifia. Je n'osais plus bouger. Au bout d'un moment, comme elle se taisait, je finis par me dire qu'elle ne se rendait pas vraiment compte de ce qui se passait, que c'était son corps, pas elle, qui m'étreignait. Alors je pris en bouche le tétin auquel je n'avais pas eu droit, bébé, et je me mis en branle pour obtenir mon plaisir en me frottant sur elle, à la façon d'un chien. Quelle ne fut pas ma stupeur quand je me sentis absorbé par une chaleur humide d'une douceur inexprimable...

Ce n'est qu'après coup, en y repensant, que je compris que ses doigts m'avaient guidé — sans doute machinalement. Mais comment ne s'était-elle pas étonnée, dans son demi-sommeil, d'un amant si fluet ? Toujours est-il que pour la première fois je pris mon plaisir comme un homme, et m'endormis sur elle. À mon réveil, j'étais dans mon lit, dans le cagibi voisin. Les filles étaient revenues, je les entendais jouer dans le patio avec les cadeaux qu'elles avaient récoltés dans la famille bien-pensante. Je sortis par la fenêtre et elles me donnèrent un recueil de contes de Perrault, qui me revenait.

Jamais ma mère ne se montra aussi tendre avec moi qu'à son réveil. Pendant qu'elle se préparait pour aller travailler au casino, à tout instant nous échangions des regards, sa main prenait la mienne, elle me tirait l'oreille, m'ébouriffait les cheveux. À partir de ce jour, de nouveaux mots entrèrent dans notre vocabulaire amoureux ; Magda ne m'appelait plus que « petit monstre » ou « crapule », et même, quand elle était d'humeur très câline : « sale petite ordure ».

Désormais, chaque matin, avant d'aller en classe, je venais prendre mon dû sur elle. Son corps me recevait sans témoigner ni plaisir ni déplaisir. On aurait pu croire qu'elle dormait, mais il n'en était rien.

Nous n'en parlions jamais. J'attendrais encore deux ans avant d'apprendre qu'elle m'avait donné mon « petit Noël » en toute connaissance de cause. Nous étions (officiellement) amants depuis plusieurs mois quand elle me confia que les cachets qu'elle avait pris dans la nuit de Noël n'étaient que de l'Alka Seltzer, et qu'elle était tout à fait lucide quand elle m'avait aidé à la pénétrer.

« Tu en avais tellement envie, me dit-elle, et j'avais tant à me faire pardonner. »

C'est ainsi que j'ai perdu la foi. Je me confessais à un curé du voisinage, très Don Bosco, qui venait souvent jouer au jacquet avec ma tante. Il me fut impossible de lui faire mes confidences. S'il avait été un inconnu, peut-être serais-je resté dans le giron de l'Église ; les choses étant ce qu'elles étaient, je lui ai menti et me suis donc damné à jamais (du moins en étais-je persuadé). Alors, tant qu'à faire, je me suis débarrassé de ce Dieu jaloux et indiscret qui me suivait jusqu'au cabinet, et pour qui, au fond de moi, je n'avais jamais éprouvé grande sympathie.

Chaque fois que Noël approche, ou que j'entends la voix de Tino Rossi, ou que des cachets effervescents pétillent dans un verre d'eau, j'ai un pincement au cœur. Et je bande.

Nadine Diamant

À vos souhaits !

« Qu'est-ce que je fous là ? » se demanda Béatrice à voix haute en déposant sa valise sur le carrelage dont la fraîcheur, en plein été, réjouissait les pieds nus, et qu'elle trouva soudain tout à fait inhospitalier. Elle ouvrit en grand les volets pour inviter un peu de lumière dans cette pièce lugubre puis sourit à son geste stupide. L'obscurité s'étendait sur la cour, les murs de ciment et au-delà, sur les toits de tuiles avoisinants. La nuit l'avait devancée. Béatrice abaissa la manette du compteur électrique, pressa les interrupteurs ; le décor assez laid et attachant de la salle à manger apparut intact : le confiturier rongé aux termites, les fauteuils en rotin qui craquaient tout seuls, les marines accrochées sur le crépi blanc, l'horloge aux aiguilles cassées, la vaste cheminée où, demain, elle jetterait quelques bûches. Elle se renversa dans une chaise. Le voyage l'avait abrutie. « Qu'est-ce que je fous là ? » répéta-t-elle et le son de sa voix, au cœur du silence, la surprit un peu. Sa présence, ici, lui parut incongrue. « Allons ma vieille, tu l'as voulu ! » C'était son désir, après tout, de s'exiler pour les fêtes de Noël, de se réfugier dans cette maison de vacances. Une façon de se fuir ou de se retrouver, ce qui revenait au même.

Elle était partie ce matin de la capitale et avait roulé sans s'arrêter avec la volonté d'arriver au plus vite. Après ces semaines éprouvantes, une petite retraite au bord de la mer lui ferait le plus grand bien. Hier encore, cette perspective l'égayait et voilà qu'à présent... Sa solitude lui scmbla immense, menaçante. Dangereuse. « C'est la fatigue, se dit-elle. Une bonne nuit de sommeil et j'y verrai plus clair, je serai moins abattue. » Elle se donna des consignes : « En attendant, surtout, éviter de penser. Penser le moins possible. » Elle se leva dans un regain de courage, entreprit dc défaire sa valise, de ranger ses affaires, histoire de s'occuper. À se bouger, elle s'allégerait la tête.

Elle entra dans la salle de bains, déposa sur les étagères les flacons et les lotions, les tubes et les pots, tout son joyeux attirail, se considéra un instant dans le miroir dépoli. Ce qu'elle y vit lui déplut : le visage d'une femme qui accusait son âge : trente-huit ans, se mentit-elle. Elle ébouriffa ses cheveux, lissa ses paupières, vérifia l'état de sa dentition. Serait-elle encore capable de séduire ? Cette rupture l'avait amochée. « Amochée ! » lança-t-elle à son reflet comme une insulte. Elle se démaquilla, se brossa les dents avec des gestes las, monta l'escalier de bois dont les marches couinaient sous son poids comme une meute de souris, pénétra dans la chambre avec un peu d'appréhension.

Allait-elle survivre jusqu'au lendemain ?

Le papier peint se décollait par endroits, révélant les plaies d'un mur rongé par le salpêtre. Béatrice s'engouffra, grelottante, dans les draps de son lit humides aux relents de champignon. Oui, malgré l'inconfort, elle avait eu raison de venir ici, loin de l'effervescence de la ville, de cette gaieté écœurante, de ces lumières qui la fatiguaient. Demain, 24 décembre, elle allait préparer le plus tranquille des réveillons ; elle allait se gâter, se dorloter. Cette idée lui donna instantanément envie de rire puis de pleurer et elle refoula un sanglot qui menaçait de l'envahir. Pour se distraire, elle composa le menu de fête qu'elle partagerait avec elle-même : huîtres bien sûr, langoustines, toasts de foie gras, gâteaux et champagne. Au diable le régime ! Elle irait peut-être même jusqu'à s'offrir un cadeau. Un cadeau ? Elle réfléchit. À l'exception d'un homme, elle n'avait envie ni besoin de rien. Mais pour une brûlante nuit d'amour, elle serait capable de sacrifier ce qu'elle avait de plus cher, c'est-à-dire un peu d'elle-même. Depuis combien de mois n'avait-elle pas touché la peau d'un homme ? Depuis combien de mois rêvait-elle d'un amant délicieusement pervers qui réveillerait ses sens engourdis, la ressusciterait au plaisir ?

Béatrice ferma les yeux. Tout semblait mort dans le silence nocturne. Seul un chien, au loin, jetait à la lune de longs aboiements pathétiques. Noël, que l'on soit croyant ou non, demeurait une date particulière, pensa-t-elle. Enfant, elle n'avait qu'à parler pour être exaucée. Les mots avaient un pouvoir, ils transformaient les souhaits. Les jouets chèrement désirés apparaissaient au matin devant la cheminée, matérialisés. Un vélo, une poupée, un landau... Pourquoi la magie n'opérerait-elle plus ? Elle avait grandi, certes, vieilli, mais jusqu'à la fin de sa vie, sans doute, elle conserverait son âme d'enfant. L'ennui, déplora-t-elle, c'est que je ne crois plus au Père Noël. Elle enfouit ses bras sous les couvertures, passa ses mains sur son corps, imagina que des doigts inconnus l'exploraient. Ils pétrissaient doucement ses seins, agaçaient ses mamelons qu'elle sentit durcir avec satisfaction. Ils glissaient sur les flancs, effleuraient la plage soyeuse du ventre, fouillaient dans la toison noire pour écarter les plis qui cachaient l'orifice. Ce serait si bon, songeait Béatrice, un homme en mal de moi. Elle introduisit son majeur dans son sexe qui l'aspira comme une gangue de vase chaude. Oui, une verge y serait bien. Elle l'accueillerait, tout ouverte, et l'animal resterait là, au fond, blotti, confiant. La verge d'un homme à cajoler. Cela lui manquait. De l'engloutir dans sa bouche jusqu'à ce qu'elle se répande. Un spasme, une giclée et les chairs affadies se décollaient. Le plaisir était mort. Vive le plaisir !

La sonnerie du téléphone déchira l'espace. Béatrice sursauta, porta la main à son cœur qui bondit sourdement dans sa poitrine. Elle consulta sa montre. Minuit et quart. Qui cela pouvait-il être ? En dehors de sa famille, personne ne savait où la joindre. Un drame, une catastrophe, supposa-t-elle tandis que les appels se répétaient avec une insistance malveillante. Elle se crut en péril, descendit les marches quatre à quatre, décrocha l'appareil, s'attendit au pire. « Allô ? » souffla-t-elle. Au bout du fil, un grésillement. « Allô, allô », répéta-t-elle machinalement. Le grésillement persistait, emplissait l'écouteur qu'elle écarta de son oreille. Seuls quelques mots confus, inaudibles, parvenaient jusqu'à elle. Qui donc cherchait à lui parler ? Oppressée, elle attendit un peu, tenta de calmer sa respiration puis raccrocha, se posant mille questions.

À trois reprises, le téléphone sonna dans la nuit, heurtant ses nerfs, provoquant en elle la même panique. Derrière le crépitement, elle entendait des phrases inintelligibles qui la laissaient troublée, perplexe. Elle débrancha la prise. C'était sûr, quelqu'un voulait l'atteindre. Un interlocuteur lointain qui ne parvenait pas à établir la communication. Ou bien tout simplement une erreur, conclut-elle pour se tranquilliser. Elle regagna son lit, bien décidée à s'endormir et, par précaution, avala un somnifère.

Béatrice se réveilla dans un état bizarre avec, dans

la bouche, le goût amer du comprimé. Dans sa mémoire adhéraient encore les traces d'un rêve absurde qu'elle parvint à recomposer. Elle se trouvait sur la plage envahie par les ténèbres et contemplait les étoiles dans un ciel de suie. Le sable mouillé, sous ses pieds, avait des froideurs sinistres, les vagues se fracassaient sur la grève dans un bruit de cristal. Elle attendait quelqu'un mais ne savait pas qui.

Soudain, elle entendit prononcer son prénom. Un murmure transporté par le souffle du vent. Elle se retourna mais ne vit personne. Une présence, cependant, rôdait à ses côtés. Le murmure s'amplifia, devint un écho qui résonna à ses oreilles. Elle se mit à courir jusqu'au blockhaus, se faufila à l'intérieur par une brèche envahie de goémons. Là, assourdie par le grondement de la mer qui battait la façade, tremblante de peur, elle se réfugia dans un angle. Une main qui toucha son épaule la fit crier. Sans même comprendre, elle bascula sur le dos, plaquée au sol par une foultitude de doigts invisibles qui la palpaient, grouillaient et rampaient sur son corps comme de visqueux serpents. La constellation de la Grande Ourse, au-dessus de sa tête, brillait d'un éclat singulier...

« Mauvais rêve », soupira Béatrice qui, peu à peu, reprit contact avec la réalité. Elle ouvrit les placards de la cuisine. L'absence de café l'irrita. Elle s'habilla à la hâte et sortit dans les rues du village. Jusqu'ici l'on célébrait Noël. Les commerçants avaient décoré leur vitrine de guirlandes, d'ampoules multicolores, peint des bonshommes de neige et de naïfs sapins sur les carreaux. La charcuterie et les pièces de boucherie prenaient un petit air de fête. Chacun s'efforçait d'être heureux. La température modifie les endroits, constata Béatrice en empruntant la rue pavée qui l'été, au soleil, donnait envie de danser, de chanter à tue-tête. Par bourrasques, le vent, à présent, s'y engouffrait, qui n'incitait pas à s'attarder. Elle acheta le journal et, protégée du froid dans son lourd manteau, s'attabla à la terrasse d'un bistrot exposé à la lumière. Comme la vie paraissait simple à T. ! Sans surprise, sans drame, sans folie. Une vie étale comme une eau morte. Elle déplia son journal, le feuilleta. Ailleurs, ce n'était pas le cas. Guerres, attentats, meurtres... La planète bouillonnait.

À T., on se sentait préservé, rien ne pouvait vous atteindre ; rien, jamais, ne survenait. « Hélas ! » chuchota Béatrice. Elle releva les yeux, s'immobilisa. À la table voisine, un homme la dévisageait si intensément que, durant quelques secondes, elle n'esquissa plus un mouvement. Troublée, elle fit semblant de s'absorber dans la lecture d'un article mais les phrases défilaient sur la feuille sans qu'elle en comprît le sens. Que lui voulait-il ? Elle recevait son magnétisme, captait son fluide qui l'investissait par tous les pores, dans toutes ses fibres comme une coulée brûlante. Le coup de foudre, pensa Béatrice. Ainsi nommait-on cet élan irrépressible qui vous projetait vers l'autre et abolissait le reste de l'univers. Elle connaissait ce vertige, cette chaleur dans le ventre, les reins, cette sensation d'être aspirée de l'intérieur par une force vive, irradiante, ce tiraillement presque douloureux au niveau du pubis. C'était du désir, du désir à l'état brut. Vindicatif, impérieux.

Béatrice but quelques gorgées de café en frémissant, osa regarder l'homme en face. Il souriait timidement mais ses yeux lui sondaient l'âme. Un être pétri d'ambiguïté, se dit Béatrice. Elle se leva et continua sa promenade. La suivait-il ? Elle se retourna. À quelques mètres de distance, il mettait ses pas dans les siens. Mon Dieu, pensa-t-elle tout en accélérant son allure, comme elle avait envie qu'ils luttent ensemble, se combattent, qu'il l'arrache à la terre ! Le désir était une bête dévorante et elle, sa proie.

Elle longea les remparts ; l'air marin la fouetta, des bouffées d'iode emplissaient ses narines. Elle respira à pleins poumons, se sentait invincible, prête à tout : toutes les audaces, toutes les humiliations. D'un pas souple, assuré, l'homme la suivait toujours, les mains dans les poches de son imperméable blanc dont les pans se soulevaient à chaque rafale de vent, lui donnant des airs de fantôme pourvu d'ailes immenses, prêt à s'envoler. Béatrice s'engagea sur la passerelle qui menait à la plage, la découvrit déserte en cette saison. Elle faillit applaudir. Le spectacle de la mer lui procurait encore des joies de petite fille. Lorsqu'elle la retrouvait, enfant, pour les vacances scolaires, elle la saluait toujours de la même façon : elle s'agenouillait gravement et embrassait le sable. Elle ôta ses chaussures. L'homme, debout sans bouger, l'observait sous des arbres tordus dont les feuilles bruissaient. « Je prends le risque, se dit Béatrice en s'acheminant vers la silhouette massive du blockhaus qui se dressait près des dunes. Le risque de tout perdre. » Elle éprouvait l'ivresse d'une liberté nouvelle, une excitation folle. Elle enjamba les pierres glissantes sur lesquelles s'accrochaient des algues filandreuses, pénétra dans le bâtiment par une ouverture. Il faisait sombre et frais. Béatrice frissonna, imagina l'horreur : ce type était un monstre, un assassin et elle, une inconsciente qui courait à sa perte. L'endroit sentait le piège. Il fallait fuir. Elle fit volte-face, étouffa un cri. L'homme, devant elle, lui barrait le passage. Il l'empoigna, la plaqua contre le mur recouvert d'inscriptions gravées au couteau, se pressa contre elle. Pauvre idiote ! se traita mentalement Béatrice. Malgré l'épaisseur des vêtements, elle sentait contre elle l'élasticité de ses muscles, la vigueur de sa peau, une énergie redoutable. « Donne-toi », lui murmura-t-il dans un souffle brûlant. Une menace courait dans sa voix. Muette, oppressée, Béatrice attendait de subir son sort, décidée à tout lui céder.

Les mains de l'homme s'affairèrent sur elle. Nerveusement, il arracha ses habits qu'elle regarda, sans émotion, traîner par terre tels des lambeaux d'elle-même. Une dépossession, pensa-t-elle. Le froid ne l'atteignait plus. Elle perdait, lui semblait-il, la notion du réel, entendait, en sourdine, le grondement continu de la mer, se vit, l'espace d'une seconde, offerte à un inconnu dans ce lieu insolite. Soudain, le décor chavira. Elle gisait sur le dos parmi les détritus. La dureté du sol meurtrissait ses chairs nues. Entre ses cuisses ouvertes que l'homme écartait fermement, glissait la caresse glaciale d'une brise humide. Un baiser sépulcral qui effleurait sa vulve. De tout son poids mort, l'homme s'étendit sur Béatrice et, dans une seule secousse, la transperça. Il s'enfonça en elle, s'agrippant à ses épaules — des serres de rapace saisissant un lapin, songea-t-elle furtivement. Elle était sa monture et lui, le cavalier impétueux qui l'emportait loin du monde. Béatrice se cabra, ferma les yeux. Sa verge lui déchirait le ventre, la percutait jusqu'au fond de l'âme. Il s'acharnait avec une frénésie brutale et, sur la tempe, lui chuchotait des saletés. De sa chemise entrouverte, un pendentif échappé s'affolait au bout de sa chaînette, se balançait, méthodique, au rythme des coups de reins. Je ne suis plus rien, pensa Béatrice avec une sorte de vertige. Rien qu'une esclave, à sa merci. Investie, submergée, elle acceptait sa soumission. Les limites de son corps s'estompaient ; elle devenait un buste solide, des bras constricteurs, un vit obstiné. Des râles encombraient sa gorge, qu'elle ne pouvait contenir. Jamais encore elle n'avait connu un tel plaisir. Quel mystérieux pouvoir possédait donc cet homme ? Il se cramponnait à elle, imprimait la marque de ses ongles dans sa peau, de ses morsures dans son cou. La démantelait. Puis, brusquement, il se retira. L'attirant par les cheveux, il l'obligea à courber la tête, à l'engloutir dans sa bouche. Docile, Béatrice se plia. Écorchée par la rocaille, les galets, elle goûtait comme une faveur la douceur du pénis sur sa langue, contre son palais, l'englobait de caresses, percevait sous la finesse de l'épiderme l'ondoiement d'une matière vive. « Plus fort, plus vite », commandait l'homme d'une voix rauque. D'une main, il appuyait rudement sur la nuque de Béatrice et, de l'autre, lui lacérait le dos avec un coquillage. « Plus fort, plus vite », répétait-il. S'ensuivaient des mots suaves et barbares, des tendresses mêlées d'obscénités. Aux brûlures intensifiées de son dos, à l'étreinte des doigts sur sa nuque, Béatrice sut qu'il allait jouir. Une ultime crispation, et un sperme âcre s'écoula par saccades. Épais, râpeux, elle l'avala. Ils se séparèrent. Elle le maudit.

— Je viendrai chez toi ce soir, décida-t-il après avoir retrouvé son souffle. Attends-moi.

Dans une grande confusion mentale, Béatrice acquiesça sans comprendre. Il l'abandonnait après l'avoir utilisée. Comme une pute ! s'indigna-t-elle en jetant des poignées de sable devant elle. Son dos martyrisé la faisait souffrir. Un vrai sauvage ! Quel salaud ! Elle rassembla ses affaires éparpillées, se revêtit tranquillement. Comme une pute. Pute. Ce mot lui allait bien. Gai, amical, il lui convenait à merveille. Elle demeura un instant devant le blockhaus à regarder s'éloigner la silhouette de l'étranger. Elle eut envie de s'élancer, de le poursuivre, mais marcha joyeusement sur la grève en évitant l'écume. Elle sautilla, esquissa des pas de danse, avança à cloche-pied, embrassa sa main de manière aristocratique, comme à une duchesse. Une pute ! Elle se mit à rire. Elle s'embrassa encore et encore. Elle s'adorait.

Avait-elle rêvé ou bien tout cela s'était-il réellement produit ? Béatrice n'était plus sûre de rien. La nuit s'était déployée sur le village, l'île entière, la totalité du pays. Assise devant la cheminée, enveloppée dans une couverture, elle contemplait, apaisée, le ballet hypnotique des flammes.

— Je ne sais même pas ton nom, dit-elle.

L'homme vint s'asseoir à ses côtés. Béatrice posa sa paume sur son sexe sage où battait le sang, les faibles pulsations de son cœur, tel un oiseau captif, recroquevillé.

— Sans importance, répondit-il.

— Ni d'où tu viens.

Il eut un geste évasif.

— Considère-moi comme tombé du ciel.

Sur la table, les restes du dîner la rendaient taciturne. Les carcasses des langoustines amoncelées dans un plat, les parts du gâteau fondu, la bouteille de champagne vidée : tout lui parlait de joie défunte, évoquait la fin.

— Je t'en prie, reste cette nuit, seulement cette nuit.

— Impossible, j'ai un long voyage à faire.

Il s'empara du tisonnier, retourna les bûches, éparpilla les cendres.

— N'oublie pas d'éteindre le feu avant de t'endormir, lui conseilla-t-il.

— Au cas où le Père Noël viendrait me rendre visite ?

— Peu probable ; il ne passe jamais deux fois de suite au même endroit.

— Que veux-tu dire ?

Il enfila son pantalon, sa chemise, chaussa ses bottes en cuir, de guerrier. Ils avaient fait l'amour après les huîtres, les toasts de foie gras, le dessert. Ils avaient fait l'amour et maintenant, il partait. Une fois de plus, conclut tristement Béatrice. Il la fit se lever pour la prendre dans ses bras, la serra de toutes ses forces, la berça affectueusement. Béatrice chercha à se convaincre qu'elle le haïssait.

— À minuit, je serai loin, lui dit-il calmement.

À minuit, je serai seule, pensa Béatrice avec une pointe d'exaspération. Seule à nouveau en compagnie de ses souvenirs que sa mémoire, bientôt, modifierait, puis qu'elle abandonnerait le jour du départ ainsi qu'un paquet inutile, encombrant. L'homme s'écarta d'elle, emprunta le corridor, ouvrit la porte d'entrée, s'engagea dans la rue sombre à grandes enjambées, terriblement pressé, soudain.

À l'angle, il se retourna vers Béatrice, lui adressa un signe cérémonieux, une sorte de révérence, puis disparut dans le noir. Béatrice consulta sa montre. Minuit s'affichait au cadran. Elle courut pieds nus sur les pavés, s'arrêta dans la venelle où il avait tourné, n'y vit personne. Personne, chuchota-t-elle. Il s'était volatilisé — elle claqua des doigts — comme par enchantement ! Elle leva la tête. Dans le ciel étoilé, la constellation de la Grande Ourse brillait d'un éclat singulier. Le traîneau du Père Noël, songea-t-elle. Grelottante, elle réintégra la maison, réjouie à l'idée de réchauffer ses orteils gelés au feu mourant. Le Père Noël, quelle blague ! ironisa-t-elle. Le Père Noël n'existe pas !

Et pourtant...

Mario Mercier

Un amour de neige

Depuis plusieurs jours il entendait la voix. C'était une voix, une mi-voix dirons-nous, avec des accents cristallins, et si douce, si prenante, si tendre, qu'il ne pouvait lui résister tant elle produisait d'effet en lui. Voix féminine venant comme des profondeurs de la Terre et faite pour charmer le sang et exalter les sens.

Et lui, Renaud, lorsqu'elle montait en lui avec une douceur volontaire de petite source mise brusquement à jour par un mouvement de terrain, se sentait paradoxalement bien, mais si bien qu'il n'avait guère envie de se poser de question sur son état de santé mental et encore moins d'envisager quelques séances de divan chez un ordonnateur professionnel du bon ton des esprits, en l'occurrence un psy.

Cette voix merveilleuse, câline, aux inflexions émouvantes, s'était manifestée à la tombée de la première neige. Elle était venue, comme ça, un soir alors qu'il rentrait fatigué de son travail et accablé de solitude. On était aux abords de Noël et il y avait comme une fébrilité à laquelle il était sensible mais qu'il ne pouvait partager avec personne, étant nouveau venu dans cette ville et surtout de nature assez sauvage.

Pourtant, il y avait comme du bonheur en lui : bonheur d'assister aux tombées des premières neiges car il aimait ce phénomène du ciel, cette fête douce et forte de l'eau sublimée en flocons. Cette neige était pour lui comme un rêve retrouvé de son enfance où il se surprit d'assister à son apparition dans la cour de son école maternelle. Cela donna lieu entre les enfants à une mémorable bataille de boules de neige que la cloche de l'école réprima.

Mais retournons à la voix, à cette voix. Que disait-elle ? Rien de bien précis car elle se manifestait le plus souvent par un chant formulé dans une langue inconnue de lui, chant parfois si empreint de nostalgie qu'elle lui arrachait souvent de secrètes larmes.

À mesure que Noël approchait et que la neige se faisait plus dense, le chant fut entrecoupé d'injonctions dites dans sa langue et qui l'invitaient à le rejoindre. Mais où ? Cela n'était pas dit et bien qu'il l'interrogeât quelquefois à ce sujet, elle restait de longs moments mystérieusement silencieuse.

Il essaya alors de l'ignorer, voire de faire la sourde oreille. Mais la voix reprenait ses manifestations avec plus de force que jamais au point que de moins en moins il pouvait se concentrer sur son travail — il était employé dans une entreprise de vente de matériaux de construction — et cela lui valut quelques observations désobligeantes de la part de ses employeurs.

Assis sur son lit, il examina sa chambre qu'il avait louée il y avait plus d'un mois. Elle était froide et nue. Pas aussi froide que le froid qui sévissait au-dehors car il disposait d'un chauffage d'appoint qu'il utilisait par intermittence étant donné la faiblesse de son salaire.

J'ai dit que sa chambre était nue. Pas tout à fait. L'un de ses murs s'enorgueillissait de la représentation presque en pied d'une jeune fille toute blanche, oui, blanche non seulement de peau, mais de chevelure et de robe. Tout était blanc chez elle, hormis ses longs yeux d'un vert à rendre jaloux le plus vert des océans.

Il se remémora le moment où il avait acquis cette peinture d'une facture intéressante qui ne comportait cependant aucune signature. Dès qu'il la vit dans une boutique de brocanteur il éprouva un coup de cœur si intense qu'il l'acheta aussitôt sans marchander. En ce temps-là, il avait encore les moyens de vivre décemment, mais depuis son divorce avec Anna, il avait non seulement tout perdu mais il essayait vaille que vaille de refaire sa vie après une longue période de chômage.

Seule cette toile avait été sauvée du naufrage et chaque fois qu'il la regardait, il sentait monter en lui de nouvelles forces qu'il croyait perdues. Il l'avait surnommée, à cause de sa blancheur et de l'amour qu'il portait à la neige, la « Princesse des Neiges ».

Il eut à son sujet des rêves en conséquence car l'image de cette princesse était passée en lui. Elle vivait dans son espace onirique où elle évoluait en toute liberté.

Mais une nuit sa présence se fit plus réelle, si l'on peut dire ainsi, au point qu'il pouvait la toucher, la caresser et même l'étreindre comme un être de chair et d'os. Mieux même, ils firent l'amour et il éprouva un plaisir que jamais aucune femme ne lui avait donné, pas même la sienne. Lorsqu'il la pénétrait, il avait l'impression de s'enfoncer dans de l'ineffable et puis elle avait une façon bien à elle de lui soutirer des jouissances dont il se souvenait longtemps après son réveil, et pourtant, il se sentait comme régénéré chaque fois qu'il se vidait de lui-même.

Au cours d'une de ses unions avec cette Princesse des Neiges, il reçut d'elle la promesse qu'elle l'aimerait toujours, qu'elle ne le quitterait jamais. C'était la première fois qu'elle lui parlait, bien qu'elle lui livrât ses paroles sur le ton du chuchotement, et il fut frappé par le son mélodieux de sa voix qui portait en elle l'espoir de toutes les communions.

Et plus son rêve d'union avec elle se répétait, plus elle devenait voix, cette voix qu'il entendait aussi lors de ses moments de veille. Comment dire ? Ce n'était pas seulement de sa gorge qu'elle était issue mais de tout son corps. Oui, son corps parlait. Comme s'il était fait d'une substance vocale. De ce qu'il disait, il s'en souvenait vaguement, mais de son timbre, de ses inflexions, il savait qu'il s'en souviendrait toujours.

Lors de leur dernière rencontre onirique, il se souvint qu'elle lui avait dit : « J'aimerais que l'on fasse l'amour au-dehors, dans la neige, car cela me donne trop chaud de t'aimer. Je brûle de toi et seul le froid de la neige peut rafraîchir mes ardeurs. »

Il savait que c'était folie pour lui d'aller s'accoupler dans ce froid et nus car elle aimait la nudité. Ne lui avait-elle pas dit que l'Amour doit être nu et que pour l'honorer ceux qui s'aiment doivent se mettre totalement nus lorsqu'ils doivent satisfaire leur désir et où que ce soit, en quelque endroit que l'on se trouve.

Il avait trouvé cela quelque peu curieux, mais de la part d'une Princesse des Neiges et qui plus est de fonction onirique, tout peut être permis.

Il savait aussi qu'il ferait n'importe quoi pour la satisfaire car il l'aimait à s'en oublier.

Et c'est ainsi que ce jour-là, jour de neige épaisse et de vent chargé de rasoirs, il reçut au cœur de lui-même une invite de sa part à aller faire l'amour avec elle dans la forêt proche de l'immeuble où il habitait.

Mais il lui fallait d'abord se mettre nu. Cela faisait partie du cérémonial imposé par la Princesse des Neiges. Ce qu'il fit dans l'aube lourde de ce matin de décembre.

Quelle ne fut pas la surprise du laitier d'apercevoir, au moment où il se débarrassait de sa livraison, un homme nu courir en direction de la forêt proche de la maison de Renaud, mais, comme il était un peu myope et qu'il n'aimait pas porter de lunettes, il pensa que sa vue l'avait quelque peu abusé et n'osa pas en parler.

— Tu m'as fait attendre, dit-elle à Renaud lorsqu'il l'eut rejointe.

Sa voix cristalline lui chauffa le sang. Il en avait besoin. Ainsi la jeune fille de son tableau s'était enfin incarnée. Elle se tenait là, debout, devant lui, bien vivante et n'ayant pour tout vêtement que sa longue chevelure blanche. Toute sa blancheur s'harmonisait d'ailleurs si bien avec celle de la neige.

Ses longs yeux verts étaient toujours empreints de cette sorte d'absence rêveuse qui l'avait toujours fasciné. Contrairement à lui, elle se sentait très à l'aise dans ce décor glacé.

Il s'aperçut alors que la neige autour d'elle se soulevait par endroits pour s'amalgamer, se modeler comme par magie et prendre des formes de loups aux canines de givre. Férocement, ils se jetèrent sur lui et se mirent à le mordre.

— Les loups ! hurla-t-il.

— Mais non, c'est le froid qui te mord, lui dit elle, viens en moi et tu n'auras plus jamais froid, plus jamais.

Il se jeta alors dans ses bras ouverts et elle le reçut comme une mère aimante reçoit son enfant perdu et retrouvé ! Enlacés, ils roulèrent dans la neige qui semblait ici plus épaisse qu'ailleurs et les cimes des sapins recueillirent avec le vent leurs cris de plaisir.

Il lui fit l'amour furieusement, car il sentait que s'il se relâchait les loups du froid le mordraient de nouveau. Elle était devenue refuge.

— Comme tu es devenue chaude, tu me brûles, lui dit-il, tout en tentant de se retirer d'elle, comme malgré lui.

Mais elle avait refermé sur lui les tenailles de ses cuisses. Son sexe était comme une ventouse de plaisir de laquelle il ne pouvait se retirer et qui absorbait toute sa vitalité.

Il eut soudain très froid, si froid qu'il sentit que plus jamais il ne pourrait se réchauffer. Inexorablement il se mit à sombrer dans un sommeil qu'il trouva, somme toute, délicieux. Les cris de plaisir de la fille se confondaient maintenant avec les hurlements des loups, c'est du moins ce qu'il crut entendre.

Comme il s'enfonçait dans une profondeur d'ombre, il s'accrocha désespérément à la couleur de ses yeux verts qui se confondirent en un lac impavide d'une transparence éperdue et que rien ne paraissait troubler.

Dans leur éclat, il crut voir celui de ses yeux à lui lorsqu'il se regardait dans un miroir du temps où il était heureux.

Puis dans un grand cri il s'engloutit dans un monde sans mondes.

⁂

— Fred, tu as vu, la neige n'a pas pris ici et pourtant qu'est-ce qu'il vient d'en tomber, dit le garde-forestier à son assistant, tout en se mettant à tâter le sol nu.

— Ce qui est plus drôle, ajouta Fred, c'est que la terre à cet endroit a la forme d'un homme couché.

— Et le sol est tout froid, alors pourquoi la neige ne l'a pas recouvert ici ?

Seul le croassement de corbeaux proches répondit à sa question, mais qui connaît le langage des corbeaux ?

SARAH DELAFORCE

Éléonore

Les colonnes de la place de la Nation, les grands immeubles autour, les arbres, les voitures, tout disparaissait dans un déluge de pluie froide, obstinée, qui tombait depuis le matin.

Cinq heures à peine et il faisait presque nuit. Les phares luisaient sur la chaussée grasse, le ciel paraissait liquide, si bas, que la forte lueur des lampadaires le teignait en jaune, d'un jaune sale et triste d'iodoforme.

Il faisait tout juste tiède dans le café. J'étais assise sur la terrasse couverte et chaque fois que la porte s'ouvrait, une bouffée d'air froid, humide, entrait avec une odeur de poussière et de tuyaux d'échappement.

Nous étions le 23 décembre, et je songeais à d'autres veilles de Noël, lorsque j'étais encore mariée avec Paul et que nous quittions Paris pour les fêtes. Mais c'était fini. Paul m'avait quittée trois ans plus tôt et je n'avais pas encore trouvé le remplaçant idéal.

À quelques mètres devant moi il y avait un miroir, et je me suis regardée, essayant d'être objective.

Je ne m'étais jamais trouvée particulièrement jolie, mais je savais que j'avais du charme et une silhouette impeccable.

En somme, une femme de trente-cinq ans, paraissant un peu moins, grande, bien faite, avec de l'allure. J'ai étudié mon visage. Une figure agréable, quoique manquant un peu de finesse. Un grand visage aux mâchoires carrées, à la bouche pas assez pulpeuse, mais au front bien coupé et aux yeux aussi marine que le « Petit Pull » d'Adjani.

Quelques mois plus tôt, ma coiffeuse m'avait conseillé de faire un balayage pour éclairer mes cheveux châtains, et ces mèches dorées me donnaient bonne mine avec un air de revenir de vacances.

« Alors pourquoi, bon Dieu, est-ce que je ne tombe que sur des tartes ? » ai-je marmonné en plongeant ma petite cuillère dans mon chocolat viennois.

Oui, pourquoi, depuis mon divorce, est-ce que je n'avais rencontré aucun homme intéressant ? Je me suis tournée vers la vitre et tout en regardant les gens pressés, pitoyables comme des chats mouillés, j'ai fait un récapitulatif.

D'abord, il y avait eu Michel. Un musicien d'une quarantaine d'années, un garçon charmant, mais qui buvait comme un trou, incapable de résister à ce qu'il nommait « l'appel de la bière ». Assez vite, il s'était installé dans mon appartement où il essaimait chaussettes sales, caleçons, bouteilles vides et mégots.

J'étais amoureuse pourtant. Enfin, à dire vrai, j'aimais surtout faire l'amour avec lui. Il avait un corps musclé en finesse et j'adorais son sexe. Une de ces bites solides, à la peau couleur d'ambre, qu'on a tout de suite envie de lécher pour la faire durcir davantage. Lorsque je me trouvais à genoux, entre ses jambes, il me regardait d'un air dur, le visage changé par le désir, et il chuchotait :

« Bouffe-la, bouffe tout », en poussant sa verge contre mes lèvres. J'étais choquée, délicieusement fouettée par un petit frisson, et j'avalais son sexe, doucement, en caressant ses couilles.

Je suppose que c'est parce que j'étais profondément désemparée par la désertion de Paul, en manque de tendresse et de sexe, que j'ai toléré si longtemps Michel.

Après, il y avait eu Romain, un garçon plus jeune que moi, comédien au chômage et à l'ego démesuré. Lui aussi était séduisant, brun ténébreux, jouant de son œil de velours pour se faire offrir les vêtements dont il avait envie. Je n'étais pas contre le fait de lui donner des cadeaux de temps à autre, mais c'était devenu une obligation et lorsque je lui refusais quelque chose, non seulement il me traitait de rat, mais encore il se lançait dans des bouderies, dont le résultat le plus sûr était de me priver de caresses.

Le troisième a été Jean-Bon, un avocat de mon âge, travaillant dans le même cabinet que moi, surnommé Bonbon. Lui aussi venait de divorcer. Il n'était pas désagréable et j'ai repris l'espoir de refaire ma vie.

Mais j'ai vite déchanté. Au lit c'était un désastre, il avait du mal à bander et quand je le suçais j'avais l'impression d'avoir un morceau de flanelle dans la bouche. Comme je risquais une allusion à ses prestations misérables, il m'a giflée et la rupture a été immédiate.

J'avais perdu confiance en moi, j'étais découragée. J'en ai parlé à mes amies, elles m'ont affirmé que j'étais loin d'être seule dans mon cas. Celles qui étaient mariées se plaignaient de leur homme, celles qui ne l'étaient pas prétendaient que tous les bons étaient pris, qu'il ne restait pour nous que les tocards.

Marie-Claire affirmait que les vrais hommes n'existaient plus. Ceux en circulation n'étaient que des petits garçons incapables d'assumer leurs responsabilités viriles.

« Ils ont peur de nous, disait-elle, une cigarette fichée au coin de la bouche, un verre de scotch à la main, le verbe haut. Nous gagnons autant de fric qu'eux, nous voulons autre chose qu'une petite baise à la papa-maman, alors ils paniquent... Autrefois, ils avaient le beau rôle. Les femmes n'avaient aucune liberté et elles ne savaient rien. Aujourd'hui, il faut qu'ils passent à la toise et ça les fait flipper. »

J'avais mélangé le reste de chantilly et de café dans ma tasse, et je m'apprêtais à le boire, quand mon geste est demeuré en suspens. Une femme venait d'entrer, si brusquement, si joyeusement, qu'elle semblait amenée par une bourrasque.

Je ne suis pas certaine de la citation, mais dans son film *Les Enfants terribles,* Cocteau dit à peu près ceci : « La beauté a ce privilège qu'elle touche même ceux qui ne la voient pas. »

Comme moi, les hommes accoudés au bar, qui à en juger par leur mine devaient apprécier davantage les Lolo Ferrari que les beautés classiques, s'étaient arrêtés de boire, et ils regardaient la jeune femme avec une expression étonnée et ravie.

Alors que la plupart d'entre nous traversent la vie chaussés de plomb, la blonde aux cheveux tressés en chignon qui s'asseyait près de moi marchait avec des ailes aux talons.

Pendant qu'elle commandait un thé, sortait son poudrier, je l'ai regardée du coin de l'œil, avec le plaisir qu'on prend à contempler une œuvre d'art. C'est en vain qu'on lui aurait cherché un défaut. En elle, tout n'était que grâce, harmonie, souplesse et sûreté de soi. Elle avait un grand sac rempli de paquets noués de rubans et j'ai pensé, un petit goût amer dans la bouche : « Bien sûr, des cadeaux de Noël... Elle n'a pas une tête à passer le réveillon toute seule. Si elle n'est pas mariée, il y a sans doute un bataillon de soupirants qui assiègent son carnet de bal. Ce n'est certainement pas chez elle qu'on laisse traîner les mégots et les slips sales ! »

J'étais triste soudain. Moi aussi j'avais rêvé de rencontres avec des hommes ayant de la séduction et de la classe, m'enlevant pour me conduire à Venise dans le roulement moelleux de l'Orient-Express.

Chimères ? Il y a tout de même des femmes à qui la vie sourit et à coup sûr, Éléonore était de celles-là.

J'avais baptisé ainsi la belle blonde et j'ai souri quand elle s'est levée pour partir, la saluant mentalement d'un « Bonsoir Éléonore » amical.

Mais il faisait plus sombre, et ce n'était pas seulement dehors où la nuit était tapie comme une bête mauvaise, mais dans le café dont Éléonore semblait avoir emporté les lumières. J'avais froid, avec une courbature dans le dos et un commencement de migraine. Le coup de blues des veilles de fêtes, quand on n'a pas sa place à table !

C'est alors que j'ai vu le téléphone. Un petit portable dans une housse de suédine noire. Celui d'Éléonore.

Mon premier mouvement a été de me lever pour le remettre au patron, mais je me suis reprise. Je l'ai mis dans la poche de mon manteau, j'ai posé un billet de cinquante francs sur la table et je suis sortie sans attendre ma monnaie.

Il était un peu plus de onze heures quand le téléphone a sonné. J'ai dit « allô » d'une voix étranglée, résolue pourtant à me faire passer pour Éléonore. C'était puéril, mais j'avais envie de me glisser dans sa vie, dans sa peau, même si ce n'était que pour quelques instants.

Une voix d'homme à l'autre bout, chaude, sonore, disait :

— Éléonore ?

J'étais stupéfaite. Il était impensable qu'elle s'appelât vraiment Éléonore. Mais la voix insistait,

« Éléonore ? Est-ce que vous m'entendez ? Éléonore ? »

J'ai dit « Allô, oui, bonsoir » et je ne reconnaissais pas ma propre voix. Si l'inconnue de la Nation s'appelait Éléonore, c'était un signe, il fallait risquer le tout pour le tout.

— Bonsoir, c'est Frédéric, je vous appelle de la part de Gloria. Pardon de le faire si tard, mais je rentre de Londres et mon avion a eu du retard.

Il avait vraiment une belle voix, très sympathique. Je me suis calée contre mes oreillers, je lui ai dit qu'il ne me dérangeait pas et j'ai attendu la suite.

— Bien, ma chère, c'est pour notre réveillon. Est-ce que vous aimez la mer en hiver ?

— Oui, beaucoup.

— Alors je vous propose de vous prendre demain vers cinq heures et de vous emmener dans un endroit que vous adorerez sur la Côte normande. Ne me posez pas de questions, je veux que vous ayez la surprise. Juste une chose cependant. Voulez-vous que nous prenions un verre à l'heure du déjeuner pour faire connaissance et voir si de votre côté tout est okay ?

Je ne répondais pas, abasourdie. Il ne connaissait pas Éléonore, et pourtant, il avait l'intention de l'emmener réveillonner au bord de la mer ! Le Père Noël me tendait une perche avec un cadeau que je ne pouvais refuser.

— Éléonore, vous êtes toujours là ?

— Oui, oui.

— Alors, nous prenons un verre ou nous partons directement à l'aventure ?

Il a ri, un rire sensuel qui m'a fait descendre une brusque chaleur dans le ventre.

— Okay, ai-je dit d'une voix ferme. Direct pour l'aventure. Mais retrouvons-nous plutôt dans Paris.

— Sans problème. À cinq heures devant la brasserie des Trois Obus, place Saint-Cloud. J'ai une Jaguar vert métallisé.

Il avait une Jaguar vert métallisé et des cheveux blond foncé, épais, dans lesquels on avait envie d'enfoncer les doigts.

En venant au rendez-vous, le cœur noué de trac, j'avais imaginé un beau mec, mais j'étais en deçà de la réalité.

Pendant qu'il m'ouvrait la portière, je l'ai regardé à nouveau, furtivement, remontant les longues jambes en pantalon de daim, les belles mains brunes, les épaules bien découpées, les yeux plus gris que bleus sous le ciel d'hiver.

« Un canon ! » aurait dit Marie-Claire. Moi, je songeais simplement que c'était un bel homme, un gabarit hors du commun, bien fait pour Éléonore.

J'avais peur encore, mais tout au fond de moi, je sentais monter une allégresse, la certitude que je vivais des moments extraordinaires et que tout irait bien.

Nous avons roulé sur l'avenue de Saint-Cloud en direction du boulevard périphérique, et Frédéric s'est tourné vers moi :

— Vous êtes très séduisante, je suis ravi de passer ce réveillon avec vous.

Des questions bouillonnaient dans ma tête comme les bulles effervescentes d'un cachet. Entre autres choses, comment avait-il été en contact avec Éléonore et pourquoi réveillonnait-il avec elle sans la connaître ?

Mais j'ai simplement répondu :

— Moi aussi.

Comme nous quittions la file pour prendre la bretelle d'autoroute, j'ai décidé de laisser aller les choses et de me contenter des réponses qu'il m'offrait sans que j'aie à le questionner : grand, beau, dans les trente-six ans, de la classe, une virilité nonchalante et du *sex-appeal.*

Frédéric, lui non plus, n'a pas posé de questions embarrassantes. La conversation se déroulait facile, sensuelle. Des reparties en aller et venue, légères comme un volant de badminton. Dehors il faisait nuit, des voitures nous dépassaient, d'autres nous croisaient, mais je me sentais hors du temps, bercée par le piano d'Erroll Garner dont les notes tombaient comme la petite monnaie d'un jackpot heureux.

De temps à autre, il se tournait vers moi et son sourire un peu de biais, qui lui mettait des fossettes aux joues me donnait un coup au cœur. Je serrais les cuisses pour comprimer mon désir et j'essayais de deviner la forme de son sexe sous le pantalon, à la fois gênée et excitée de sentir mon odeur mêlée à celle de nos cigarettes.

Nous ne parlions plus, je sentais que lui aussi était troublé, et comme il proposait de s'arrêter dans une station-service pour boire un café, l'idée m'est venue de l'entraîner dans les toilettes.

Mais l'air froid m'a dégrisée. Je me suis tancée en me disant que jamais Éléonore ne ferait une chose pareille !

J'avais longuement hésité entre une robe fourreau noire, les cheveux attachés en chignon, et un look plus branché, tailleur bleu en satin et paillettes, que j'avais acheté à Milan.

En entrant dans la salle de restaurant, je me suis félicitée d'avoir opté pour la sobriété. La pièce était magnifique, l'ancienne salle à manger d'un château transformé en hôtel, atmosphère chic et feutrée. La mer n'était qu'à deux kilomètres, et quand nous étions arrivés, j'en avais senti l'haleine froide et salée.

Au dessert, Frédéric a sorti une petite boîte de sa poche.

— Joyeux Noël, Éléonore !

J'ai rougi, surprise.

— Une bricole, a-t-il ajouté pendant que j'ouvrais la boîte.

C'était un sachet brodé contenant des senteurs à glisser dans le sac.

— C'est vraiment ravissant, merci. Mais, ai-je ajouté piteusement, moi, je n'ai rien prévu.

Il a éclaté de rire, et penché sur moi :

— Si vous m'offriez votre culotte ?

— Ici ?

— Presque tout le monde est en train de danser. Il ne reste plus que papi et mamie là-bas. Si papi voit quelque chose, ce sera son petit Noël.

J'ai dit « oui », tout bas, et j'ai commencé à me contorsionner pour ôter ma culotte. Appuyé au dossier de sa chaise, Frédéric me regardait en souriant, et ce jeu érotique qui nous faisait complices agitait mon cœur à grands coups.

Quand j'ai senti la culotte sur mes genoux, je me suis baissée pour la tirer sur mes chevilles et la retirer. Papi-mamie s'étaient émus de mon manège et ils nous ont lancé un regard outragé quand j'ai tendu le petit chiffon noir à Frédéric. Il ne riait plus, et comme s'il voulait s'éponger, il y a enfoui le visage.

Je ne bougeais pas saisie, toute raide.

Il s'est penché et passant un bras sous la table il a glissé sa main entre mes jambes, remontant le long de ma cuisse, agrippant mes poils, chuchotant :

— Allons danser !

— Fatiguée ?

— Non, oui. Je suis bien.

Un soleil blanc comme une lune éclairait les

champs des deux côtés de la route, mais j'avais du mal à garder les yeux ouverts.

Nous n'avions pas dansé longtemps dans la salle où des couples évoluaient au ryhtme d'un orchestre de casino. Je sentais contre moi le sexe tendu de Frédéric, et je ne pouvais m'empêcher d'y frotter mon ventre. Il m'embrassait dans le cou, et mon envie de lui devenait douloureuse.

— Votre chambre ou la mienne? a-t-il demandé avec son irrésistible sourire.

J'ai balbutié « la mienne », désolée de me sentir si gauche, essayant de deviner de quelle façon Éléonore se serait comportée. Mais je n'étais pas Éléonore, et j'ai déshabillé Frédéric, avec une ferveur de vestale. Il se laissait faire, habitué aux hommages, et nous sommes tombés sur le lit.

Il avait une peau mate, fine, semée de grains de beauté minuscules, jetés là comme une poignée de confettis. Il s'était penché pour embrasser le bout de mes seins, et il m'a basculée en arrière. Sa tête était entre mes cuisses, son sexe lourd effleurait ma bouche. J'ai gémi quand il a passé sa langue sur ma vulve, mais je me suis reculée. Je sentais que si je le laissais me caresser, je perdrais tout contrôle et je voulais d'abord lui donner du plaisir. J'ai léché doucement son gland et ses couilles. La lampe de chevet éclairait de biais ses cuisses et ses fesses, bouleversée, je regardais l'anus brun clair, la chair frémissante qui semblait réclamer un baiser. Je n'avais jamais fait cette caresse à un homme, et même, une amie y ayant fait allusion, j'avais eu une réaction de dégoût.

Mais cette nuit, j'étais si remuée que j'ai posé la bouche entre ses fesses et que je l'ai léché, timidement d'abord, puis passionnément, sans cesser de caresser son sexe avec ma main.

Le sperme a jailli, chaud sur ma poitrine. Presque

tout de suite Frédéric s'est retourné, les yeux assombris, la bouche gonflée. Il m'a embrassée et prenant la semence tiède sur ma peau, il m'en a barbouillé la joue, comme un mâle voulant marquer sa femelle. Jamais caresse ne m'avait autant émue, et c'est à notre nuit que je pensais tandis que nous roulions vers Paris.

Je songeais aussi, et c'était moins agréable, qu'il allait falloir avouer que je n'étais pas Éléonore. Qu'allait-il se passer ? J'étais amoureuse de Frédéric, et je redoutais sa réaction.

— Où est-ce que je te dépose ? a-t-il demandé comme nous passions la porte de Versailles.

Je lui ai donné mon adresse et arrivés devant chez moi, je suis restée déconcertée. Il laissait tourner le moteur, il n'avait pas l'air de vouloir monter. J'ai ressenti un vide dans la poitrine avec l'angoisse que ce soit déjà fini. Et comme je restais là, indécise, il a dit :

— C'était vraiment un très chouette Noël. Peut-être aurons-nous l'occasion de nous revoir.

J'ai pris mon bagage, et comme j'ouvrais la portière, il a ajouté :

— Tu n'oublies rien ?

— Non, je ne crois pas.

— Mais... le chèque...

J'étais ahurie, mais je sentais venir quelque chose de très désagréable.

— Le chèque de l'agence d'escortes ! Tu as réservé auprès de Gloria un forfait réveillon de quinze mille francs.

Un rire m'a secouée, timide d'abord, puis de plus de plus ample. J'ai ouvert mon sac, rédigé le chèque, et comme il vérifiait :

— Mais tu t'appelles Anne Ordonneau, tu n'es pas Éléonore Werbeck !

— Non, je ne le suis pas ! Mais grâce à elle, j'ai passé le meilleur Noël de ma vie.

Philippe de Saxe

Marie-Noëlle

Sur le quai bondé de Sèvres-Babylone je la reconnus immédiatement. Elle était de trois quarts dos à quelques mètres de moi quand le métro arriva. Peut-être est-ce l'insistance de mon regard qui lui fit tourner la tête. Elle me sourit. La porte du wagon s'ouvrit. Portée par la foule elle entra dans la voiture. Je m'élançai à sa suite. Un groupe d'enfants s'interposa et je ne pus la rejoindre. La rame s'ébranla en glissant sur les rails. Elle me fit par la fenêtre un signe de la main qui ressemblait à un au revoir. Hébété, je la regardai s'éloigner. J'aurais tant voulu lui parler, lui demander ce qui s'était réellement passé et pourquoi elle avait disparu si brutalement. Je revis son visage dont le froid pinçant de l'hiver avait coloré les pommettes et rendu plus brillants ses yeux verts. Elle s'appelait Marie Noëlle. Je n'ai jamais su si parmi les trois candidates qui s'étaient présentées je l'avais choisie pour son prénom de circonstance ou pour le regard tendre et naïf qu'elle portait sur ceux qui l'entouraient et qui convenait si bien au rôle.

Ce jour-là, nous étions le 23 décembre, il devait être environ dix heures du matin, je venais d'auditionner deux jeunes femmes. Auditionner était un bien grand mot. Je leur avais demandé de passer le costume que Béatrice devait porter, de faire quelques pas et de réciter un texte, n'importe lequel, celui qu'elles avaient en tête. Il me fallait juste voir comment elles se comporteraient sur scène. La première, je ne me souviens plus de son nom, semblait si mal à l'aise que j'étais déjà inquiet du trac qu'elle pourrait avoir. Je sus d'entrée que je ne la retiendrais pas. La seconde, Edmée, une grande fille énergique à la coiffure brune coupée au carré, avait une allure de tragédienne grecque. J'aurais pu hésiter si Marie-Noëlle ne s'était présentée juste après. Tout son être respirait la fraîcheur et la simplicité. Elle avait même cette fausse timidité que j'avais eue tant de mal à faire exprimer à Béatrice et qui était essentielle à ce rôle discret certes, mais de premier plan. Qui plus est, la longue tunique bleue de Béatrice lui seyait à merveille. Il s'agissait d'une pièce de toile que l'on passait comme un peignoir qui descendait jusqu'aux pieds et qu'il fallait serrer à la ceinture. La taille fine de Marie-Noëlle faisait ressortir d'autant sa gorge ronde et hautement placée. La capuche enserrait son joli visage de madone. Quand on la voyait ainsi vêtue, on lui aurait donné le bon Dieu sans confession. Et c'est bien de cela dont il s'agissait.

La troupe d'amateurs que je dirigeais préparait *Mademoiselle Julie* de Strindberg que nous voulions présenter en marge du festival d'Avignon. J'avais pu obtenir du curé de Saint-Jean qu'il nous laisse répéter dans la salle paroissiale. En échange de quoi notre petit groupe devait monter une crèche vivante pour le soir de Noël. La malchance voulut que trois jours auparavant Béatrice qui tenait le rôle de Marie eut un accident de voiture. Un bras en écharpe, plusieurs points de suture au visage et le nez cassé ne lui permettaient plus de monter sur les planches. L'annonce de cette nouvelle contraria profondément Monsieur le Curé. De peur d'avoir à chercher une autre salle, je m'empressai de passer une petite annonce. C'est ainsi que je fis la connaissance de Marie-Noëlle.

Le rôle de la Vierge était facile à tenir. Je l'expliquai à la jeune femme. Le spectacle devait durer une vingtaine de minutes et s'appuyait sur une bande sonore enregistrée par l'équipe d'animation paroissiale. La chorale interpréterait également quelques chants de Noël. Les bergers et les Rois Mages présenteraient à tour de rôle leurs offrandes et Marie devait simplement les recevoir. Comme je jouais le rôle de Joseph, je la rassurai, en lui précisant qu'il me serait toujours possible de la guider. Je lui montrai sur la scène la place qu'elle devrait prendre près de la crèche et lui présentai le poupon de plastique qui tiendrait lieu d'Enfant Jésus.

Un choral de Noël joué à l'orgue accueillait les fidèles, qui bravant le froid de la nuit se pressaient vers le portail à demi ouvert. Monsieur le Curé avait avancé la messe de minuit à vingt-deux heures trente afin que notre représentation puisse se terminer en même temps que les cloches sonneraient leurs vingt-quatre coups. Nous avions quarante-cinq minutes pour nous préparer. Comme à l'accoutumée, la plupart des comédiens étaient en retard. Seule Marie-Noëlle arriva à l'heure. Elle portait un gros blouson, une petite jupe très courte sur d'épais collants noirs. Ses jambes fines plongeaient dans des bottines à talons. Quand elle enleva sa toque fourrée, ses cheveux se déversèrent sur ses épaules. Nous avons bavardé un moment. Lorsque je sortis un paquet de cigarettes, elle m'en demanda une. Elle me confessa n'avoir jamais fumé. Sa main tremblait imperceptiblement. Je lui dis qu'elle n'avait pas de raison d'avoir le trac, son personnage était des plus simple. Elle me répondit qu'elle voulait donner le meilleur d'elle-même, essayer de jouer comme elle n'avait jamais joué. Elle ajouta qu'elle avait toujours rêvé de tenir le rôle de Marie. Je ne m'arrêtai pas à cette réponse car un petit groupe entra dans la salle de catéchisme où nous nous trouvions. Il y avait Lydia, Pierre et Damien suivis peu après par Arnaud et Malika qui se chamaillaient comme à l'accoutumée. Quand Cédric, tout essoufflé, nous rejoignit, je présentai Marie-Noëlle à la troupe et invitai les acteurs à se préparer. Il nous restait une demi-heure.

Arnaud ouvrit l'armoire dans laquelle étaient rangés des accessoires. Cédric poussa quelques tables sur lesquelles Lydia et Damien déplièrent leur costume. Un sifflement admiratif me fit tourner la tête. Pour amuser la galerie, Malika offrait un petit numéro de strip-tease. Pour l'occasion elle portait un soutien-gorge bandeau de dentelle rouge et faisait glisser son pantalon sur un slip brésilien assorti. Les garçons tapaient dans leurs mains. Je dus demander un peu de silence pour ne pas troubler la messe qui se déroulait à quelques mètres. Cédric, torse nu, portant déjà sa barbe postiche, passa derrière elle et d'un geste rapide fit sauter l'agrafe de son soutien-gorge et cria en se sauvant : « Voilà les cadeaux qu'elle apporte au petit Jésus. » Malika tenta de l'attraper mais, les chevilles entravées par son pantalon, trébucha sur Damien qui en profita pour l'embrasser. Il me fallut, à nouveau, rappeler ma petite équipe à l'ordre en leur faisant craindre l'entrée intempestive d'un enfant de chœur envoyé par Monsieur le Curé. Il est vrai que nous nous connaissions tous depuis plusieurs années et que la promiscuité des coulisses ainsi que *Le Sofa* de Crébillon Fils que nous avions joué l'an dernier dans une mise en scène fort libertine avaient fait tomber les barrières de la pudeur. Aussi à l'aise que dans l'intimité d'un cabinet de toilette, Malika, nue et les jambes écartées, enlevait le Celluloïd d'un tampon en se disputant avec Arnaud. Lydia qui jouait un jeune berger se faisait bander les seins à la façon des Romaines pour cacher sa trop volumineuse poitrine. Je pensai soudain à Marie-Noëlle qui ne connaissait pas ma bande de joyeux drilles et j'eus peur qu'elle ne fût effarouchée par tant de libertés. Je me retournai pour aller vers elle. Discrète, elle avait déjà revêtu sa tunique et face au mur, un miroir à la main, peignait consciencieusement sa belle chevelure de jais. Je n'osai pas la déranger.

Quand tous furent prêts, nous prîmes place sur la scène. Marie-Noëlle s'assit à droite du berceau sur un petit tabouret, moi je me tenais debout à gauche. Les bergers Arnaud, Malika et Lydia étaient postés à l'entrée des coulisses. Je rappelai que je rythmerais la représentation grâce au boîtier électronique que je tenais dissimulé dans ma manche, me permettant ainsi de commander les lumières du spectacle et d'actionner ou d'arrêter la bande magnétique. Un brouhaha commença à emplir la salle. Les chaises crissaient sur le sol de mauvais ciment. Enfin, Monsieur le Curé vint nous dire que l'on allait pouvoir commencer la représentation. La chorale entonna un cantique alors que le rideau se levait. Je fis un clin d'œil à Marie-Noëlle. Elle répondit par un sourire enchanteur qui ne me laissa pas indifférent. Je déclenchai le magnéto phone : « Un ange du seigneur se présenta devant les bergers et leur dit : soyez sans crainte car un sauveur vous est né. » Lydia, Malika et Arnaud sortirent des coulisses. La voix reprit : « Voici le signe qui vous est donné, vous trouverez un nouveau-né emmailloté, couché dans une mangeoire. » Marie se pencha pour prendre le poupon et le présenta aux bergers. Ce n'était pas prévu mais d'un signe de tête je l'encourageai. Lydia s'approcha, elle se prosterna devant la Vierge et lui offrit un châle. Marie enveloppa l'enfant et le posa sur ses genoux. Une aria de Bach accompagnait la scène. Je vis la main de Marie se glisser dans la fente de sa tunique. Elle en dégagea un sein blanc, gonflé et veiné de bleu. Je sursautai, un peu gêné, mais finalement trouvai l'idée excellente. Après tout, cela n'avait rien d'obscène et la distance qui la séparait des premiers spectateurs ne laissait voir que l'intention et non le détail. Et puis Marie-Noëlle était si concentrée sur son rôle de jeune mère innocente que le geste était des plus naturel. En revanche, je me délectais de ce lobe clair qu'elle soutenait avec tendresse pour allaiter le poupon lové au creux de son bras. Lydia me lança un regard inquiet mais, devant mon approbation, adressa un large sourire à la Vierge Marie.

« Tout à coup, il y eut avec l'ange l'armée céleste qui chantait des louanges de Dieu. » Malika, entra en scène mais, contrairement à Lydia, ne manifesta pas le moindre étonnement devant la poitrine découverte. Marie changea l'enfant de bras et sortit l'autre sein de sa robe. Je remarquai alors que le mamelon était percé d'un anneau qui lança un éclat argenté sur le brun clair de l'aréole. Malika ne sembla pas s'en apercevoir et déposa le pain qu'elle offrait aux pieds de la Vierge. Quand elle se redressa, Marie prit les mains de Malika, les baisa en remerciement et les attira contre elle. Elle tenait ses doigts entre les siens et lui fit saisir l'anneau qui coulissait facilement dans la chair. Après un instant de stupeur, Malika, curieuse, se laissa faire. La Vierge se pencha à son oreille pour lui murmurer quelque chose. Les doigts de Malika tirèrent alors sur l'anneau jusqu'à distendre le mamelon. Lorsqu'elle le lâcha, il se contracta et vira au brun foncé. Tout comme moi, Malika était fascinée par ce jeune et tendre sein percé au point d'en oublier que nous étions sur scène, baignés par une polyphonie moyenâgeuse. Je pris peur et m'empressai d'appuyer sur la télécommande.

« Gloire à Dieu au plus haut des cieux et sur la terre paix pour ses bien-aimés. » C'était le signal pour qu'Arnaud entre en scène. J'essayai d'attirer l'attention de Marie afin de lui signifier que son initiative ne convenait pas à une Nativité jouée dans une salle paroissiale, mais en vain. Arnaud s'avança. Il portait une coupe de lait. Du fond de la scène, il n'avait dû rien voir car, soudain troublé par les seins offerts de Marie, il trébucha et renversa un peu de liquide. Bouche bée, il se prosterna. Ses yeux oscillaient entre la poitrine nue et moi. Je me sentis obligé d'acquiescer de peur d'ajouter à son trouble. Marie accepta la coupe de lait et lentement, l'un après l'autre y trempa ses seins. Arnaud ébahi regardait les traînées blanches couler sur le buste virginal. Marie se pencha vers lui pour déposer un baiser sur son front. Le bout des seins frôlèrent le visage d'Arnaud qui tétanisé ne bougea pas. Elle passa sa main sous son menton. Ses lèvres rencontrèrent les mamelons et les tétèrent avidement. Je ne pouvais ni parler ni bouger de peur d'attirer l'attention du public. Angoissé, je jetai un coup d'œil vers la salle, mais les spots de la rampe m'aveuglaient. Je me rassurais en réalisant que la masse trapue d'Arnaud devait cacher cette scène et cherchai le boîtier.

Je pressai le bouton qui commandait les lumières, éteignis celles de la scène et allumai les spots dirigés sur le chœur. Monsieur le Curé me regarda, mais son visage m'apparut aussi épanoui et rubicond qu'à l'habitude. D'un air entendu, il leva les bras et des voix fluettes s'élevèrent : « Il est né le divin enfant... » Je tamisai ensuite la lumière sur la crèche et poussai un soupir de soulagement en voyant enfin Arnaud s'écarter et Marie allaiter à nouveau tendrement son enfant. Elle leva les yeux sur moi alors que je m'apprêtais à lui montrer mon courroux mais elle m'offrit un regard tellement innocent que j'en fus désarmé. Elle referma néanmoins sa tunique et coucha maternellement le petit Jésus dans la mangeoire. Le dernier accord de la chorale résonna dans la salle paroissiale et Monsieur le Curé me fit signe de continuer. Je relançai la bande-son.

« À la vue de l'astre, les mages éprouvèrent une grande joie. » Les bergers s'étaient retirés lorsque Pierre, Damien et Cédric quittèrent les coulisses pour entrer cérémonieusement en scène. Le public exprima son contentement à la vue des costumes richement décorés. Leur barbe était majestueuse et leur démarche princière. « Entrant dans la maison, ils virent l'enfant avec sa mère et se prosternant, ils lui rendirent hommage. » Le premier d'entre eux, Pierre, s'arrêta devant la crèche. Il portait devant lui une caissette d'or et de joyaux. Il s'agenouilla devant la Vierge. Après avoir posé son présent sur le sol, il en sortit quelques pièces dorées qui brillèrent sous les feux. Marie-Noëlle contempla les bijoux parmi lesquels elle choisit deux pendentifs. Après les avoir observés avec attention, je la vis écarter les jambes. Elle repoussa sa tunique de part et d'autre des cuisses pour exhiber un pubis lisse soigneusement épilé. Un moment effaré, Pierre eut un réflexe qui me soulagea : il se déplaça légèrement afin de faire un écran de son corps entre les spectateurs et la scène. Marie s'en aperçut et pencha vers lui un visage complice. Sur un fond de musique d'orgue, Pierre et moi la vîment porter la main à son sexe et ouvrir la vulve. Un anneau, plus petit que celui qu'elle portait au sein ornait le capuchon de son clitoris. Lentement, du bout des doigts, elle déplia ses petites lèvres finement ourlées. Entre le pouce et l'index elle maintint celle de gauche, l'étira, puis appliqua le crochet du pendentif sur la chaire tendue et translucide. Après un bref tâtonnement elle l'introduisit dans la peau percée. Elle fit de même avec l'autre lèvre, aussi naturellement que si elle s'était passé des boucles dans les oreilles. Pierre ne savait s'il devait se lever comme prévu ou continuer à cacher ce sexe décoré. Je lui fis signe de rester et pressai fébrilement sur le bouton de ma télécommande pour passer à la scène suivante.

« Les mages lui offrirent des présents, de l'or, de l'encens et de la myrrhe. » Pierre avait dû faire un excellent paravent puisque Damien, le deuxième roi, avança paisiblement concentré sur son rôle. Marie lui souriait. D'une main nonchalante, elle caressait les bijoux qui décoraient son sexe et pendaient entre ses jambes. Apercevant ce spectacle, Damien étouffa un fou rire mais devant mon air furieux il se ravisa. L'encens qu'il avait disposé dans une coupelle de métal argenté commençait à embaumer. Il déposa son offrande aux pieds de Marie. La fumée se faisait plus dense, plus enivrante. Pierre contint une toux et détourna la tête. Marie se leva à demi et s'approcha de la coupelle fumante. Des volutes irisées de lumière s'enroulaient autour de son corps et s'accrochaient à ses cheveux. Un crépitement métallique attira mon oreille. Les fumerolles diminuèrent soudain : devant Pierre, Damien et moi, Marie, maintenant sa tunique ouverte, les jambes légèrement fléchies urinait abondamment sur l'encens en nous souriant. Je n'en crus pas mes oreilles et me penchai pour voir. Un jet dru, clair et abondant jaillissait de ses lèvres que ses doigts tenaient écartées. Le récipient déjà plein débordait sur les planches, dessinant une tache d'urine qui se propageait en un cercle sombre. Aussitôt, je fixai la salle pour guetter une réaction. Aucune manifestation ne se laissait entendre. Pierre et Damien agenouillés avaient parfaitement masqué l'ondinisme de la Vierge.

J'appuyai à nouveau sur mon bouton, inquiet de terminer la représentation au plus vite. « Et toi Bethléem, terre de Juda, tu n'es certes pas le plus petit des chefs-lieux car c'est de toi que sortira celui qui fera naître Israël mon peuple. » Alors que Cédric s'approchait, Marie passa son doigt dans la fente de sa vulve et le tendit à Pierre et à Damien. Pierre refusa. Damien le lécha avec un œil en biais sur moi. Cédric s'agenouilla. Lui non plus n'avait rien vu depuis le fond de la scène et lorsqu'il releva la tête, ses yeux se plantèrent sur les pendentifs accrochés aux lèvres d'où perlaient encore quelques gouttes. Le geste raide, il lui tendit le plateau sur lequel était posé le flacon de myrrhe. La Vierge se pencha pour lui baiser les cheveux. Le geste qu'elle fit imprima à ses bijoux intimes un discret mouvement de va-et-vient. Cédric, éberlué, se prosterna et appuya son front sur le sol humide. Marie regarda la forme oblongue du flacon. Elle tapota la tête de Cédric qui se redressa légèrement. D'autorité, elle lui mit le flacon dans les doigts et s'approcha de lui, les cuisses ouvertes. S'asseyant sur le goulet, cherchant d'un déhanchement précis le passage, la Vierge s'enfila dessus. Fasciné, Cédric s'aida de l'autre main et commença à jouer avec ce gode improvisé. Le visage de Marie était plus rayonnant que jamais. Je voulais appuyer sur le bouton pour que l'obscurité tombe sur la crèche, mais ensorcelé par le spectacle il m'était impossible de bouger. Marie, un peu fléchie, s'appuyait sur les épaules de ses compagnons agenouillés. Je vis leurs mains se poser sur son corps et accompagner le rythme des reins qui l'habitait de plus en plus régulièrement. Elle pinça ses lèvres et des larmes coulèrent de ses yeux qu'elle gardait grands ouverts sur la salle plus silencieuse que jamais. Soudain elle se cambra plus profondément, allant au-devant du plaisir que Cédric avec son flacon dessinait au creux de son ventre. Elle poussa un grand soupir et rejeta sa tête en arrière avant de la laisser retomber contre le cou de Damien. Les puissantes sonorités de l'orgue résonnèrent dans l'église et me tirèrent de l'hébétude qui m'avait envahi. Parcouru de frissons, le sexe palpitant sous ma tunique de bure, je me résolus à presser le bouton et le rideau se referma.

Des applaudissements montèrent de la salle. Nous nous réfugiâmes dans les coulisses. Il y eut un rappel. Je n'osais sortir. Damien, Pierre et Cédric me regardaient encore plus effarés qu'Arnaud, Lydia et Malika. Monsieur le Curé, réjoui, monta sur scène et vint nous chercher. Main dans la main, nous nous avançâmes vers le premier rang et, tremblants, saluâmes. J'entendis des voix murmurer : « Et Marie ? Marie, où est-elle ? » Je regardai autour de moi, Marie-Noëlle avait disparu. Monsieur le Curé s'en aperçut et m'adressa un regard inquisiteur. J'improvisai une réponse et soufflai : « Elle s'est sentie mal à la fin de la représentation. » Monsieur le Curé acquiesça : « Le trac. Je comprends. C'est dommage. Elle a parfaitement compris le mystère de la Nativité. Elle nous a offert une splendide extase mystique, toute maternelle et toute virginale. »

Albufeira, juillet 1998.

Brigitte Lahaie

Noël sans guirlandes

« Joyeux Noël » : cadeaux enrubannés, festin de roi, promesses d'amour, vœux spirituels... une fête de famille toujours très réussie !

Sauf pour Nadège qui aurait aimé rayer à tout jamais le 24 décembre du calendrier.

Elle avait pourtant tout essayé afin de passer ce cap sans douleur. Les somnifères pris avant neuf heures du soir, pour se réveiller tard le lendemain, mais le cœur totalement chaviré. La fuite à l'autre bout du monde, jusqu'aux Tropiques où le sapin de Noël devient franchement ridicule. Le travail cette nuit-là, pour oublier...

Elle n'est jamais parvenue à trouver la paix intérieure. Alors, au Noël dernier elle a craqué, quelques jours avant la date fatidique. Ne supportant pas de passer la soirée seule, elle a inventé le scénario diabolique d'une véritable fête, scintillante, extatique. Une délivrance...

Cette année, elle a décidé de s'offrir à nouveau une cérémonie à la hauteur de ses espérances. Elle a organisé un véritable rituel afin d'oublier le drame qui a bouleversé sa vie lorsqu'elle n'était encore qu'une fillette.

Dans la demeure familiale, Nadège était descendue

en pleine nuit admirer le sapin orné de magnifiques guirlandes et de boules de toutes les couleurs. La maison était silencieuse, elle était restée de longues minutes à admirer le roi de la forêt dans sa splendeur artificielle. Puis l'adolescente, malgré l'interdiction maternelle, avait allumé les bougies. La lueur vacillante des flammes donnait à la scène encore plus d'irréalité et de magie. Quelques gestes avaient suffi, elle avait par miracle échappé à l'incendie qui ravageait toute la maisonnée, emportant son père, sa mère et son oncle.

Elle avait survécu, le corps meurtri par quelques brûlures profondes, le cœur à jamais ravagé.

Quelques cicatrices sur le ventre et le dos témoignent encore de cette horrible nuit, mais elle aime à ces endroits sa peau trop lisse et trop tendue, aux reflets violacés.

Nadège sortit de son bain brûlant et admira son corps dans le grand miroir de la salle de bains. Langoureusement, elle s'appliqua une crème, s'attardant sur ses seins fermes, dont les tétons pointaient, durs, impudiques. Ses mains glissèrent sur son ventre, avec tendresse ses doigts redessinèrent le contour des cicatrices puis se dirigèrent vers son sexe. Elle ne résista pas à s'accorder quelques secondes de volupté. Les images du dernier Noël envahissaient à nouveau son esprit. Elle avait joui si intensément en accomplissant sa vengeance ! La douce langueur qui l'enveloppait la fit s'étendre sur le marbre glacé. Elle frissonna de plaisir, de froid, de haine...

Entre le pouce et l'index, elle saisit son clitoris qu'elle tritura. Elle le pinça, puis ses ongles l'égratignèrent, elle dut se retenir de le griffer, brutale, mais attentive à ne pas se blesser. La douleur lui permettait d'évacuer ses souvenirs. Elle déposa un peu de salive sur son bouton gonflé. Le contact doucereux de son écume eut un effet immédiat, une liqueur un peu âcre perla. Comme elle aurait aimé, ce Noël-là, qu'on prenne soin d'elle.

Elle sait, depuis cette horrible nuit, qu'un simple coup de griffe peut ouvrir une plaie qui n'en finira jamais de saigner. Le sang qui coule tel un torrent qu'aucun barrage ne pourra plus endiguer jaillit dans ses rêves, se consume dans ses veines. Nadège est maintenant avide de sang et de jouissance. Ses sens à peine apaisés, elle introduisit rageusement un phallus artificiel transparent entre ses lèvres ouvertes et luisantes. L'objet lui fit l'amour avec violence, elle laissa échapper des petits cris. Enfin, elle s'effondra, heureuse et repue, mais une larme coulait sur sa joue. Durant un long moment, Nadège resta prostrée, puis ses yeux s'ouvrirent et fixèrent dans le miroir son reflet. Abandonnée, le membre factice si insolite, encore prisonnier de son sexe, elle se libéra de l'intrus qu'elle jeta brutalement contre la glace. Les éclats de verre explosèrent autour d'elle : Nadège ne bougea pas mais son visage devint terriblement dur, elle songea à cet autre plaisir qui la soulagerait vraiment... Un *vrai* plaisir.

Elle enfila un peignoir épais et se servit un verre de gin. L'alcool la réchauffa. Elle commença alors à préparer la fête...

Un fourreau noir soulignait la courbe de ses hanches, cachant sa poitrine mais laissant deviner le creux de ses reins. Une perruque brune aux cheveux courts dissimulait ses cheveux blond cendré. Des lentilles transformaient la couleur de ses yeux, leur donnant des reflets mauves. Elle était méconnaissable. Un épais manteau noir acheva de dissimuler sa silhouette menue.

Elle arriva à l'heure au théâtre. Le public était venu nombreux en ce soir de Noël, la pièce marchait fort.

Nadège retira sa place réservée, garda avec elle son vestiaire puis s'installa. Dans la salle, il n'y avait que des couples, son cœur se pinça.

En coulisses, l'acteur Régis Laplace se vantait de passer le réveillon de Noël avec une jolie fille brune rencontrée quelques jours plus tôt. Il répétait ce qu'elle lui avait dit :

« Attends quelques jours, je m'offrirai le soir de Noël, ce sera un beau cadeau ! »

Ses collègues le mirent un peu en boîte, mais au fond ils auraient aimé être à sa place. Les trois coups retentirent...

Le public riait à chaque réplique, mais Nadège suivait la pièce d'une oreille distraite. Ses yeux observaient le comédien avec l'attention du serpent pour sa future proie. Il était assez bien bâti, plutôt grand, le visage expressif. Il devait son succès à des mimiques irrésistibles et à un charme étrange. En d'autres circonstances, il aurait pu plaire à Nadège.

Enfin le rideau tomba, les applaudissements crépitèrent. Les acteurs revinrent saluer plusieurs fois. Régis fit un petit signe complice à la jeune femme. Il était soulagé de l'avoir vue dans la salle. Lui aussi détestait les soirs de Noël, depuis que sa femme l'avait quitté.

Il monta vite se changer afin de retrouver la belle brune au café du coin. Nadège avait refusé de le rejoindre dans sa loge, prétextant une timidité maladive. Les autres acteurs furent déçus, ils auraient aimé apercevoir la conquête de Régis. Ils se vengèrent en redoublant de sarcasmes scabreux... Régis se fâcha presque, il se sentait déjà amoureux et ne supportait pas qu'on plaisante avec ses sentiments.

Dans la rue, il fut saisi par le froid humide. Il marcha à grands pas vers le café et le découvrit fermé. Il eut un moment de panique. L'avait-elle attendu ?

Quand il vit son ombre sous un porche, une bouffée de tendresse l'envahit. Son intuition lui disait qu'il allait passer une soirée inoubliable.

La veille, il avait reçu une lettre de son Père Noël : Nadège souhaitait passer la nuit en tête à tête chez lui, et elle désirait que soit dressé un magnifique sapin orné de guirlandes et de bougies.

L'idée avait séduit Régis, il avait passé l'après-midi à courir les traiteurs du quartier, hésité longtemps avant de choisir un sapin, et passé un temps fou à le parer. Mais il était plutôt fier du résultat.

Nadège semblait ravie en montant dans sa voiture, mais elle resta muette durant tout le trajet. En pénétrant dans l'appartement, elle se sentait électrique. Assez petit mais joliment décoré, l'endroit lui plut. Dans le salon, le sapin trônait sur une commode du siècle dernier. Il était immense, chargé de guirlandes multicolores et de petites bougies dorées. Les branches ployaient sous le poids des boules scintillantes. Fascinée, Nadège s'approcha de l'arbre, toucha délicatement les ornements rouges, jaunes, bleus, violets. Ses yeux s'écarquillaient, elle redevenait une petite fille émerveillée. Régis l'observait avec ravissement, il vint la prendre dans ses bras.

— Ça te plaît ?

Elle se laissa étreindre. Durant quelques secondes, son cœur s'affola, puis elle recula et lui lança un regard noir, mélange de haine et de peur.

— C'est ridicule...

Il resta bouche bée mais elle ajouta aussitôt :

— Oui, mais c'est fantastique, c'est absolument ce que je voulais. Faire l'amour devant toutes ces lumières...

Décidément, cette fille était surprenante. Il rechercha son contact, lui enlaçant les reins et s'appuyant contre ses fesses. Sentant l'excroissance de son membre, Nadège se retourna brutalement, saisit le pénis dur et le pinça. Il émit une grimace de douleur mais elle surprit dans ses yeux une étincelle de plaisir. Elle le sentait à sa merci et une vague de désir envahit son ventre. Avidement, sa bouche chercha celle de l'homme pour un baiser fougueux...

Régis se dégagea, alla chercher une bouteille de champagne. Il tenait à ne pas précipiter les choses. Nadège s'abandonnait au plus profond du canapé. Il glissa une main sous la robe fendue. Elle eut un rire nerveux mais se laissa faire, les yeux fixés sur le sapin.

Plus tard, elle prit l'initiative, le chevauchant avec ardeur. Régis avait beaucoup bu, il fut docile, soumis. Elle lui attacha les poignets aux pieds de la commode et lui fit l'amour avec rage, exigeant un plaisir intense. Son corps ruisselant de sueur devenait incandescent, traversé de spasmes de plus en plus puissants. Une onde partant du creux de ses reins remonta jusqu'à la racine de ses cheveux. La jeune femme se pencha vers son visage et lui murmura :

— Mon amour, je n'ai jamais joui aussi fort ; à toi de te libérer...

Puis elle l'embrassa afin d'accaparer son regard et à tâtons sortit de son sac à main un petit poignard à la lame acérée. Elle dirigea le tranchant vers le membre de son partenaire, puis d'un geste vif et précis, elle trancha d'un coup sec la verge encore tendue, juste à l'endroit où il entrait en elle. Un liquide chaud fusa, le sang jaillissait à gros bouillons, giclait sur les cuisses de Nadège au bord de l'extase. Régis, la tête rejetée en arrière, les yeux révulsés, restait immobile, foudroyé. Elle put lire dans ses yeux une terreur réelle qui augmenta sa jouissance. Elle se souleva enfin, s'arrachant aux flots de sang qui n'en finissait pas de couler du corps mutilé. Alors, avec un tendre regard pour sa victime, elle attendit qu'il perde connaissance, répondant d'un sourire à la question muette de ses yeux affolés : « Pourquoi ? »

Nadège se détourna du corps vidé de son sang et se changea, nettoyant les traces qui maculaient sa peau. Puis elle se dirigea vers le sapin toujours à la fête pour allumer les bougies les unes après les autres. Elle arracha les fils électriques des guirlandes, des étincelles jaillirent, déclenchant un début d'incendie. Fascinée, elle regardait l'arbre qui s'embrasait. Elle vida encore un peu d'essence sur le corps inanimé et ramassa le bout de chair molle qui traînait sur le parquet. Elle le porta à son visage, y déposa un baiser puis elle l'enveloppa dans un mouchoir et le mit dans son sac. Le salon était en flammes, elle quitta les lieux précipitamment.

Elle rentra chez elle à pied, hagarde...

Avant de s'endormir, elle revit en flash-back les images du Noël précédent. L'homme, menottes aux poignets, écartelé sur le lit à baldaquin transformé en cercueil. Il la suppliait de le fouetter plus fort, encore et encore. Elle en avait éprouvé un plaisir inédit. Elle avait alors abandonné le fouet pour s'armer d'une branche du sapin. Les aiguilles avaient aussitôt laissé des traces rougeâtres sur le corps de l'homme qui gémissait au bord de la jouissance. Elle avait redoublé de vigueur avant de lui proposer de lui bander les yeux. Il avait accepté, ravi, ce nouveau jeu. Tranquillement, elle avait sorti la seringue de son sac et enfoncé sans trembler l'aiguille dans la verge. Sa victime avait hurlé, mais la maison était déserte. Nadège l'observait se tordre désespérément. Puis il tomba dans un état semi-conscient. Son sexe restait dressé, démesurément gonflé. Alors, elle était allée vers le sapin de Noël dressé en son honneur, et elle y avait mis le feu. Elle avait eu à peine le temps de s'enfuir, tant les flammes se répandaient dans la villa à une vitesse foudroyante.

Comme dans sa maison d'enfance, quand le grand sapin magnifiquement paré, qu'elle avait passé des heures avec sa mère à habiller, selon un rituel répété d'année en année, s'était tout d'un coup transformé en torchère.

La veille, son oncle l'avait surprise à quatre pattes sous le sapin, en train d'essayer de deviner ce que pouvaient contenir les paquets qui portaient son prénom. Sa petite chemise de nuit en coton blanc laissait entrevoir son sexe encore imberbe. Les lèvres roses à la peau tendre bâillaient légèrement. Le vieil oncle y avait posé ses doigts...

Nadège avait sursauté, surprise, mais le visage familier l'avait rassurée d'un sourire. Son expression candide avait embrasé le vieillard. Il avait pris la petite fille dans ses bras pour presser son corps chaud contre son sexe déjà dressé. Innocente, Nadège se laissait bercer par son oncle qui lui caressait maintenant franchement le sexe. Elle trouvait ça plutôt agréable, malgré le pressentiment qu'il ne fallait pas. Elle rougissait de honte mais restait passive, sans comprendre vraiment ce qui se passait. L'homme avait saisi la petite main pour la diriger vers la fente de son pyjama. L'objet était dur et chaud, le contact doux. Elle devinait qu'il était interdit de jouer ainsi, mais l'oncle l'obligeait à le caresser, et tel un automate, elle faisait aller sa main d'un mouvement lent, montant et descendant sur le membre qui durcissait encore entre ses doigts. Enhardi, son oncle lui avait conseillé de chercher encore sous le sapin, pour découvrir le magnifique cadeau qu'il lui avait offert.

À quatre pattes sous le grand arbre, elle avait tout à coup senti à nouveau des doigts s'agiter sur son sexe, fouiller, forcer le passage encore vierge ; puis un bâton dur qui cognait contre sa fente déjà meurtrie. Il voulait franchir l'obstacle, poussait à lui faire mal, pénétrait au-dedans d'elle. Une brutale douleur lui avait transpercé le ventre, elle s'était accrochée au sapin. La chute du bel arbre aux bougies allumées lui avait permis d'échapper à son bourreau. En voulant se protéger des flammes, son oncle avait trébuché, elle voyait encore son crâne heurter le pied de la table massive, le sang tacher sa chevelure grisonnante. Et sous l'arbre en flammes, la chose pointée hors du pyjama ouvert. Un drôle de bâton tout dur qui semblait bondir tel le diable hors de sa boîte, avec du sang autour.

Elle s'était enfuie dans le jardin, l'appel d'air avait fait ronfler l'incendie qui ravageait la maison.

Jamais personne n'a su ce qui s'était passé.

Depuis qu'elle a choisi, chaque 24 décembre, de sacrifier un homme en pleine érection, Nadège espère qu'elle finira par en rencontrer un avec lequel elle pourra périr. Trois heures sonnent et déjà elle imagine un plan pour Noël prochain, se voit transpercée par un poignard de chair qui la vide de son sang...

Georges Péridol

L'Ange sur le toit

C'était bien un ange. Marie n'en revenait pas. Elle écouta ses pas s'éloigner sur le toit de zinc, comme ceux d'un gros dindon, et avança le cou. De la mare d'urine qu'il avait laissée, une odeur très humaine montait à sa fenêtre, qu'elle respira avec délices. L'ange lui tourna le dos et se pencha sur la rue de la Gaîté, où l'on entendait le brouhaha des spectateurs qui encombraient les trottoirs pendant l'entracte. Ses ailes pendaient de guingois, comme celles d'un pigeon mâle qui s'apprête à couvrir sa femelle. Il se grattait le derrière à travers sa chemise blanche. Marie sentit se raidir le bout de ses seins, sa main descendit machinalement entre ses cuisses, comme quand elle était dans l'aquarium.

Il régnait une chaleur étouffante sous les combles ; les chambres de bonne donnaient presque de plain-pied sur le toit du théâtre ; toute la journée, les plaques de zinc avaient absorbé le soleil ; la nuit venue, il s'en dégageait un halo gluant qui sentait la fiente cuite et prenait à la gorge. Dès qu'on se mettait à la fenêtre, on avait l'impression d'ouvrir la porte d'un four, on recevait la vague brûlante au visage et l'étoffe la plus légère se collait à votre peau. Mais d'autre part, on ne pouvait vivre en vase clos ; dès que Joseph partait pour son hôtel, Marie se mettait nue et ouvrait la porte du couloir et la fenêtre pour faire un courant d'air.

Quand elle avait fumé un ou deux joints, ses pensées partaient à l'aventure. Elle se masturbait en imaginant des scénarios pour émoustiller Joseph. (Il fallait absolument qu'ils fassent leur enfant.) Mais c'était toujours mieux dans sa tête qu'en réalité. Joseph, qui était un branleur fini, prenait infiniment plus de plaisir qu'elle à leurs fantaisies. Cette nuit, elle était sur le lit, en train de feuilleter les revues pornos qu'elle avait rapportées du sex-shop pour y puiser son inspiration, quand l'ange apparut sur le toit. Elle le vit déployer ses ailes, à peine à quelques mètres d'elle. Comme elle était nue, Marie éteignit ; puis elle s'enroula dans un drap et s'approcha de la fenêtre pour l'observer.

Bien campé sur ses jambes, face à elle, il retroussa sa longue chemise blanche au-dessus de son ventre et elle put voir son sexe. Il en avait bien un, le plus myope des théologiens de Byzance n'aurait pas osé soutenir le contraire. Et c'était indubitablement un sexe d'homme, un gros boudin de chair brune, qu'il tenait négligemment dans sa main, comme l'extrémité d'un tuyau d'arrosage. L'urine frappait le zinc avec une vigueur très masculine, et les pigeons qui nichaient sous la tourelle d'aération, éveillés, grattèrent furieusement de leurs pattes.

Marie se dit : « J'ai trop fumé ; je devrais dormir davantage. » Et se frotta les yeux. Mais l'ange ne s'effaça pas. Il avait fini de pisser et secouait sa grosse queue, un mégot fiché au coin des lèvres, d'où montait un filet de fumée, absolument vertical (il n'y avait pas un souffle de vent) qui le forçait à cligner un œil. Il était blond, ses cheveux longs pendaient le long de ses joues, que des reflets roses coloraient chaque fois que flamboyait l'enseigne du peep-show d'en face ; il avait une jolie mâchoire, assez volontaire, une bouche de fille. Un Nordique, se dit Marie. Quand il tira sur son prépuce pour éplucher le gland, elle sentit l'eau lui monter à la bouche. Mais déjà la chemise retombait, et l'ange traversait le toit pour se pencher sur le spectacle de la rue.

Quand la sonnerie qui annonçait la fin de l'entracte rendit les trottoirs au silence, l'ange jeta son mégot et s'engouffra, sous l'auvent de la tourelle d'aération, dans cette bouche d'ombre d'où Marie entendait monter chaque soir les applaudissements et les rires des spectateurs. Une poulie grinça. Immobile, elle fixait l'auvent. Ce fut comme un envol de pigeons, les mains, là en bas, applaudissaient l'ange qui descendait des cintres, accroché par un filin de nylon que les projecteurs rendaient invisible.

Toute la nuit, Marie rêva à son ange ; elle lui donnait son cul et pendant qu'il la couvrait, elle entendait battre ses ailes ; de lui, se dégageait une atroce puanteur de fiente de pigeon. À six heures moins le quart (Joseph finissait à six heures), le radio-réveil la jeta au bas du lit ; elle alla pisser puis procéda à sa toilette intime. Joseph se montrait très exigeant sur ce chapitre. Souvent Marie se disait que s'il avait été moins sensible aux odeurs nocturnes de la femme, peut-être n'auraient-ils pas eu tant de problèmes pour fabriquer leur bébé. Elle passa les bas noirs à résille, la ceinture porte-jarretelles, la culotte ouverte, puis chaussa les escarpins aux talons en forme de stylet. Un soupçon de rouge au bout des seins, un peu plus sur les lèvres du sexe. Elle était parée. Elle alluma le joint qu'elle avait préparé, tira une longue taffe, tendit l'oreille. En dépit du vacarme matinal des pigeons sur le toit, elle entendit, quatre étages plus bas, battre la porte d'entrée. Elle inhala encore trois longues bouffées gourmandes, puis posa le joint allumé sur le cendrier, près de la poire à injection, et ensuite, elle alla se prosterner sur le lit, le cul tourné vers la porte. La clef tourna dans la serrure et tout se déroula sans anicroches. Joseph déposa ses affaires, tira une taffe sur le joint, retira son pantalon, se masturba en contemplant le sexe aux lèvres rougies de Marie. Elle l'entendit dévisser l'embout de la minuscule poire à injection. Un grognement lui apprit qu'il éjaculait dedans. Puis il y eut le contact froid de la canule, le glissement du tube de plastique dans son vagin, et l'expulsion du sperme. Au moment où Joseph pressait la poire, Marie imagina que l'ange lui enfonçait son gros pénis, elle eut un orgasme qu'elle dissimula en mordant l'oreiller. Elle sentit que Joseph lui mettait en place le tampon pour empêcher l'écoulement du sperme. Elle se rendormit pendant qu'il la débarrassait de son harnachement.

À dix heures, la litanie de France-Info la tira une deuxième fois du sommeil ; laissant Joseph ronfler, Marie fit une toilette sommaire (enfonçant bien au fond d'elle le tampon gluant de sperme), et descendit au bar du théâtre. Elle flemmarda jusqu'à midi, en taillant une bavette avec Maurice, le garçon, se gava de cafés-crème et de croissants. À midi, la caissière du théâtre passa prendre un petit noir avant d'ouvrir. Marie lui parla de l'ange, sans entrer dans les détails. La caissière lui apprit qu'il était lithuanien et ne faisait qu'une apparition dans la pièce, au début du second acte. On le descendait des cintres pour qu'il fasse son annonce à Marie (la Marie de la pièce), puis on le remontait. Marie alla admirer les photos dans le hall, et vit l'ange, suspendu dans le vide, ailes déployées. Elle le trouva moins beau qu'au naturel.

Joseph se levait en général vers une heure. Il descendait la rejoindre au café. Ils allaient manger au restaurant thaï où à la pizzeria. Ensuite il remontait potasser ses cours et Marie allait montrer sa chatte au peep-show. Elle était cette semaine de la première équipe. Il y avait six filles en tout, trois qui bossaient de midi à vingt et une heures, avec une coupure d'une heure pour aller manger ; les trois autres prenaient leur service à vingt heures, finissaient à deux heures du matin. Marie bénéficiait d'horaires plus souples que les autres modèles parce qu'elle tenait aussi la caisse, quand le tenancier s'absentait. C'était la plus ancienne de la boîte ; comme elle habitait en face, on lui laissait souvent la clef pour les livraisons du matin. Ce jour-là, Joseph avait sa séance chez sa psy, et ne prit pas son café avec elle. Marie remplaça le patron à la caisse pendant qu'il mangeait, puis elle descendit en cabine.

Elle s'exhiba à deux cars de Japonais, ce qui n'était pas trop fatigant ; pas la peine de danser ou de se trémousser, il fallait juste montrer ses organes, et le plus ouvertement possible. Chaque fois qu'elle tirait sur les lèvres de sa vulve pour faire bâiller son vagin (« faire la carpe », dans l'argot des filles), Marie priait intérieurement pour que le tampon ne ressorte pas ; et même, tout en faisant mine de se branler, elle le poussait avec ses doigts dans la gueule de la carpe. Les autres filles avaient beau lui répéter que la durée de vie d'un spermatozoïde est très brève, que ses précautions étaient inutiles, elle préférait mettre toutes les chances de son côté, et, superstitieusement, gardait jusqu'au soir le tampon qu'imprégnait le sperme de Joseph.

Alors qu'elle s'apprêtait à quitter son service, le videur lui annonça par l'interphone qu'un client la demandait dans la cabine spéciale. Elle se vaselina généreusement le rectum et le vagin et descendit dans l'aquarium avec son matériel. En général, les clients de la cabine spéciale étaient friands de pénétrations approfondies et de dilatations. Mais derrière la vitre, quand elle entra en piste, au lieu d'un des vieux branleurs habituels, elle se trouva en présence de l'ange. Il n'avait pas ses ailes, ses cheveux étaient noués derrière sa nuque. Elle resta saisie de stupeur, ils se dévisagèrent. Dans la cabine spéciale (l'aquarium) les voyeurs ne se cachaient pas derrière un miroir sans tain, ils se livraient à leur passion à visage découvert. L'ange attendait poliment, son sexe à la main. Reprenant ses esprits, Marie lui montra les godes ; il secoua la tête négativement. Elle s'installa en face de lui, remonta ses genoux, écarta les cuisses, commença à se masturber en le regardant en faire autant. Il lui arrivait assez souvent de prendre du plaisir quand elle se branlait dans la cabine spéciale (surtout après avoir fumé), parce qu'elle pouvait voir monter l'excitation du client. Quand l'ange éjacula contre la vitre, Marie eut un orgasme ; un peu étonné, il la regarda s'ouvrir, s'agiter devant lui. Puis la lampe s'éteignit, il reboutonna son pantalon et sortit.

Ce soir-là, à l'heure de l'entracte, la chambre de Marie resta éclairée. Nue sur son lit, elle attendait l'ange. Elle entendit grincer les poulies, les applaudissements crépitèrent. L'ange remonta dans les cintres, sortit de la bouche d'ombre, traversa le toit et enjamba la fenêtre. Marie fut un peu déçue de voir qu'il n'avait plus ses ailes ; il était en jeans, et tenait un sac en plastique qu'il déposa sur la table. Après quoi, il déboutonna sa braguette et s'approcha du lit.

— Hoho, fit-il, d'une voix gutturale, comme elle a chaud, la petite Marie ! *(Il connaît mon nom ! Il s'est renseigné sur moi !)* Elle a chaud, elle dort mal ! Il lui manque quelque chose, non ? Est-ce que ce serait ça, par hasard ?

Il la prit par les joues, lui enfonça son gros sexe dans la bouche. Tout de suite, elle se mit à le téter goulûment. Oui, c'était tout à fait ce qui lui manquait. Pendant qu'elle le suçait, l'ange s'exprima avec véhémence dans un langage qui contenait beaucoup de consonnes ; elle but son sperme avec délices. Il avait apporté six œufs, du jambon sous cellophane, du pain de mie, et une bouteille de bordeaux achetée à la supérette d'en face. Marie lui prépara une omelette. Pendant leur dînette, ils entendaient les voix des acteurs monter, dans les moments dramatiques, par le puits d'aération. Puis les applaudissements s'envolaient. Quand ils eurent fini, Marie alla se coucher, écarta les cuisses.

— Si tu reviens, lui dit-elle, il faudra que tu gardes tes ailes.

L'ange lui monta dessus. C'était un amant très endurant. Un « monsieur Testostérone », comme disait Joseph, avec mépris. Ils se quittèrent au petit matin.

— C'est entendu pour les ailes, dit-il, je m'arrangerai avec l'accessoiriste, c'est un pote. Toutes les nuits, je viendrai me vider les couilles. D'accord, Marie ? Plus besoin de me branler au sex-shop.

— D'accord, lui dit Marie.

— Primo, tu me suces ; deuxio, on mange ; et tertio, je te fais ta fête.

— Ton programme me botte tout à fait.

Ils topèrent. Chaque nuit, tout le mois que dura la représentation (une pièce de Claudel revue et corrigée dans une interprétation très moderne), l'ange visita Marie. Il venait en chemise, avec ses ailes. Pendant qu'il la baisait, elle aimait bien en toucher le plumage. Il apportait les œufs, le jambon, le pain de mie sous cellophane, les pots de yaourt, la bouteille de vin, ses ailes et sa grosse queue infatigable. Marie fournissait le hasch (Joseph le cultivait sur le toit, dans des bacs Riviéra protégés contre les pigeons par du fil de fer barbelé) et faisait frire les œufs. L'ange se vidait les couilles, puis il descendait, traversait la rue et montait dans sa chambre d'hôtel, juste en face. Au passage, il faisait un brin de causette avec Joseph, le veilleur de nuit.

Il y avait une semaine qu'un vaudeville avait remplacé la pièce de Claudel et que l'ange s'était envolé vers d'autres toits, quand Marie, ne voyant pas venir ses règles, alla subir le test et informa Joseph qu'il était positif. Il se rengorgea.

— Tu le vois bien, que mon sperme n'est pas si pauvre que le prétend cet âne de docteur.

Elle travailla encore trois mois au peep-show, puis, quand ça commença à se voir, se contenta de tenir la caisse et ensuite, se mit en congé de maternité.

L'enfant naquit la nuit de Noël. L'accouchement ne posa aucun problème. Le garçon de six kilos passa comme une lettre la poste. (À force de se le dilater devant les branleurs de l'aquarium, Marie avait rendu son vagin d'une souplesse peu commune.) Joseph ne se tenait pas de joie. En fumant un joint en douce des infirmières, dans la chambre de la clinique des Bluets, ils bâtirent des projets d'avenir. Plus question que Marie montre sa chatte au peep-show. Finie, la vie de bohème. Joseph continuerait à préparer sa thèse de sociologie, elle, travaillerait comme caissière à temps partiel à Inno. En montrant son cul, Marie avait mis suffisamment d'argent à gauche pour payer l'opération de Joseph (qui n'était pas remboursable par la sécurité sociale). Il pourrait enfin se faire greffer un cartilage de poulet dans le pénis et inséminer directement Marie, pour donner une sœur à leur fils. Il lui rappela que son cas n'était pas désespéré, il s'agissait simplement de remédier à une déficience mécanique du corps caverneux.

— Avec un cartilage de poulet, je serai sans cesse en érection, mais bon, je ne fréquente pas les saunas, personne n'en saura rien.

— Ce n'est pas moi qui m'en plaindrai ! lui dit Marie (qui avait pris la canule en horreur).

Vu l'état irréprochable de son vagin, le médecin ne

vit aucun inconvénient à ce qu'elle regagne son logis le 25 au soir. Joseph avait préparé un arbre de Noël. Toutes les filles du sex-shop vinrent admirer le bébé. On but du champagne, on mangea du foie gras, on chanta des hymnes. Sur la proposition de Marguerite, la contorsionniste, comme l'enfant était né dans la nuit de Noël, et que ses parents s'appelaient Joseph et Marie (inépuisable sujet de plaisanteries au peep-show), on décida de l'appeler Jésus.

Un soir de printemps, Marie donnait le sein au petit Jésus, assise en terrasse au bar du théâtre, quand retentirent des coups de sifflet. Elle tourna la tête et vit, en haut de la rue, la horde des rollers qui déferlaient sur l'avenue du Maine. Il en défila plusieurs centaines, encadrés par les flics à roulettes. De temps en temps, l'un d'eux se détachait de la masse pour tourner dans la rue de la Gaîté. L'enfant à la mamelle, Marie vit passer sous son nez, comme une apparition, l'ange, ses cheveux déployés. Il fila sans la voir, comme une hirondelle qui traverse une pièce d'une fenêtre à l'autre.

En dépit du cartilage de poulet, Marie s'ennuyait ferme avec Joseph. Elle prit l'habitude de donner le sein à Jésus dans les jardins publics. Chaque fois qu'elle apercevait un blond à la mâchoire volontaire et aux longs cheveux, elle dégrafait son corsage en le regardant droit dans les yeux. Il aurait vraiment fallu qu'il soit pédé comme un phoque ou bouché à l'émeri pour ne pas céder à son invite.

Pendant que Marie s'envoyait en l'air avec son ange de remplacement, Jésus suçait son pouce dans son berceau et Joseph (qui préparait toujours sa thèse) avait de longues conversations téléphoniques avec sa psy.

José Pierre

Quatre filles pour le Père Noël

C'est sans doute par quelque ironie du sort qu'un S.D.F. tel que moi fut naguère chargé, par l'intermédiaire de je ne sais plus quelle société caritative, d'endosser la défroque du Père Noël. Sous ce déguisement, j'étais censé divertir toute la soirée une famille très chrétienne et très bourgeoise de onze enfants installée dans un petit hôtel particulier de la rue Robert-de-La-Sizeranne. Je m'efforçai de tenir mon rôle le plus brillamment possible et en effet, ne me contentant pas de créer une atmosphère de fête dans cette noble demeure, j'improvisai un boniment pour chacun des cadeaux suspendus à l'immense arbre de Noël, je chantai avec une belle voix de baryton les chansons requises et je fis le pitre de manière à faire rire aux éclats les onze enfants et jusqu'à leurs parents. J'en fus récompensé lorsque je pris congé, un peu après minuit, une fois les enfants couchés, car la mère de famille me donna généreusement le double de la somme promise.

C'était donc un Père Noël heureux qui remontait à pied le boulevard du Montparnasse tandis que les imbéciles conducteurs d'automobiles faisaient aboyer leurs Klaxons, il n'y avait point de neige, mais un petit vent froid directement venu de la gare d'Austerlitz par le boulevard Saint-Marcel et l'avenue de Port-Royal me dissuadait de céder au plaisir de la flânerie. Pour tout dire, je m'étais promis de passer le reste de la nuit à l'Armée du Salut, quitte à pousser encore le cantique à cette occasion.

J'arrivais à la hauteur du *Sélect*, déjà fermé, lorsque, se détachant d'une encoignure, une gracieuse silhouette féminine vint à moi et me lança :

— Joyeux Noël, Monsieur le Père Noël !

Regardant avec attention celle qui venait de m'interpeller, je distinguai les traits, apparemment fort plaisants, d'une jeune fille qui sans doute n'avait pas encore vingt ans. Elle était emmitouflée dans un très court manteau de fourrure d'où sortaient deux jolies jambes gainées d'un collant noir.

— Joyeux Noël, Mademoiselle ! répondis-je.

Et avec ce manque d'humour que les Français prennent souvent pour de l'humour parce qu'il est bête et méchant, j'ajoutai :

— Tu mendies ou tu fais le trottoir ?

— Un peu les deux. Mais si tu as envie de baiser, ça peut s'arranger. Moi, pour le moment, j'ai plutôt envie de bouffer que de baiser. Et puis j'ai charge d'âmes...

— Tu me fais marcher, non ?

— Non, Monsieur le Père Noël. J'ai trois petites sœurs qui meurent de faim.

— Et tes parents ?

— Ah ! les parents... Comme si on pouvait compter sur les parents !... D'ailleurs, Dieu les a rappelés à Lui...

Je penchai mon visage vers le sien et elle comprit que je cherchais un baiser. La seconde d'après, une bouche accueillante venait au-devant de la mienne. Glissant une main entre deux boutons de son manteau, je caressai à travers l'épaisseur du chandail un sein rond et ferme comme je les aime. Elle ne fit rien pour me repousser.

— Écoute, lui dis-je. Tout Père Noël que je sois, je n'en suis pas moins homme. Ce soir, il se trouve que je suis plein aux as. Si je vous nourris, toi et tes sœurs, est-ce qu'ensuite je pourrai faire l'amour avec toi ?

— Bien sûr, Monsieur le Père Noël ! Vous pourrez même nous baiser toutes les quatre, si ça vous chante...

— Toutes les quatre, ça fait beaucoup ! répondis-je en riant. Les autres, quel âge ont-elles ?

— Moi, je m'appelle Claire, j'ai presque dix-neuf ans. Je suis majeure. Après moi, il y a Isabelle, qui va sur ses seize ans, Joséphine, qui en a treize, et Brigitte, qui en a onze seulement.

— Et aucune des quatre n'est encore vierge ?

— Que voulez-vous, Monsieur le Père Noël, les temps sont durs...

À l'angle du boulevard Raspail et de la rue Bréa, nous trouvâmes une épicerie fine qui restait ouverte toute la nuit. Nous y achetâmes presque tout ce que me suggéra la jeune fille, sans oublier les bouteilles. Nous étions chargés comme des ânes, mais Claire m'avait assuré que nous n'aurions pas à aller bien loin. Elle me demanda aussi un peu d'argent pour acheter des cigarettes à la *Rotonde* :

— Deux de mes sœurs sont des fumeuses enragées.

Nous arrivâmes enfin à l'appartement qu'habitaient les quatre filles, à un troisième étage de la rue de la Grande-Chaumière. Notre entrée les bras chargés de victuailles fut saluée par des acclamations. Et ma tenue de Père Noël enchanta les jeunes affamées. Lorsque je pus les observer toutes ensemble, les plus séduisantes des quatre me parurent être d'une part l'aînée, en raison de son humeur joyeuse et de sa très charmante silhouette, et d'autre part la troisième, dont l'exceptionnelle finesse de traits avait quelque chose d'angélique. La seconde avait cet air provocant qui parfois tient lieu de beauté. Quant à la plus jeune, avec son petit nez retroussé, elle me parut de l'espèce particulière dont sont faits les clowns et les clownesses. Mais toutes les quatre étaient blondes.

Les provisions furent dévorées en quelques instants et la plupart des bouteilles vidées. Un peu éméchées, elles faisaient assaut de vantardise libertine :

— Moi, j'aime surtout me faire enculer, disait Isabelle en allumant une cigarette.

— Moi, ce que je préfère, c'est sucer les bites, déclarait Brigitte, la petite dernière.

— Je n'ai pas de préférences, affirmait Joséphine d'un air détaché.

— Moi, j'aime tout ! concluait Claire.

Elles voulurent toutes coucher avec moi, non sans poser leurs conditions au préalable : cela se passerait dans une chambre où les spectatrices ne seraient pas admises, en leur faisant l'amour je devrais conserver ma tenue de Père Noël et il me faudrait impérieusement chausser des préservatifs. Comme je n'en possédais pas, elles m'en fournirent, ce qui acheva de me convaincre qu'elles menaient véritablement une vie assez dissipée.

Peu après le souper commencèrent les réjouissances. Elles m'avaient laissé décider dans quel ordre je les honorerais. Je me réservai de finir la nuit dans les bras de l'aînée. Je commençai donc par Joséphine, poursuivant par Isabelle puis par Brigitte. Je ne dirai pas ce que j'accomplis avec chacune d'entre elles : c'est au tour du lecteur de faire un effort d'imagination. Entre deux joutes amoureuses, elles proposèrent des attractions : Isabelle exécuta un strip-tease assez réussi, les deux plus jeunes mimèrent avec beaucoup de savoir-faire un échange lesbien, auquel ne manqua même pas le frottement réciproque des pubis, Claire fit aussi quelque chose, mais je ne me souviens plus quoi au juste.

***

Je fus réveillé par des heurts répétés contre la porte d'entrée. À mon côté, Claire, toute nue, dormait encore. Je dus la tirer de son sommeil.

— Ce sont nos parents qui rentrent, me dit-elle en se frottant les yeux. Ils sont allés voir en province une vieille tante dont on pensait qu'elle était sur le point de clamser. Une tante à héritage à laquelle ils vont souvent rendre visite. Ils tiennent un magasin de bondieuseries rue Saint-Sulpice, bien qu'ils ne soient pas croyants. Je te préviens qu'ils sont un peu vieux jeu. Excuse-moi, Père Noël, de t'avoir menti sur leur compte...

À cause de ses jolis seins et du reste, je ne pouvais pas trop lui en vouloir. Elle me regardait en riant parce que, pendant la nuit, j'avais ôté non seulement mon costume mais ma barbe de Père Noël. Elle me donna un petit baiser très gentil sur les lèvres en me disant :

— Tu es plus mignon comme ça, mais c'était plus rigolo de faire l'amour avec un Père Noël...

Je revêtis précipitamment mon déguisement, barbe comprise, ce qui me permit d'échapper en partie aux soupçons, d'ailleurs justifiés, des parents dont, je ne sais trop pourquoi, la sale gueule me ravit. Et je feignis d'avoir dormi dans un fauteuil, ce qui à vrai dire ne parut pas tellement les convaincre.

Claire déclara que le Frigidaire était vide et qu'il n'y avait plus un sou dans la maison. Par cette nuit de fête, elle avait donc tenté d'apitoyer les gens qui passaient sur le boulevard du Montparnasse pour pouvoir nourrir ses petites sœurs. C'est sur moi qu'elle était tombée. J'invoquai alors les obligations imprescriptibles du Père Noël en matière d'assistance à personnes en danger de mourir de faim. Les parents semblaient sceptiques, ce qui révolta ma bonne foi.

— Vous ne croyez donc pas au Père Noël ? m'écriai-je.

Visiblement outrée, la mère me répondit sur un ton cinglant :

— Nous, nous sommes athées, Monsieur le Père Noël !

TABLE DES MATIÈRES

Derniers ouvrages parus :

Qu'est-ce que Thérèse ? C'est les marronniers en fleurs, La Musardine, 1998

Les Barreaux du cœur, Mercure de France, 1998

Achevé d'imprimer sur les presses de

BUSSIÈRE

GROUPE CPI

à Saint-Amand-Montrond (Cher)
en janvier 2006

POCKET - 12, avenue d'Italie - 75627 Paris Cedex 13
Tél. : 01-44-16-05-00

— N° d'imp. : 53088. —
Dépôt légal : novembre 1999.
Suite du premier tirage : janvier 2006.

Imprimé en France